U0840352

周国平——著

我喜欢生命根底里的宁静

北京出版集团公司
北京十月文艺出版社

新经典文化股份有限公司
www.readinglife.com
出　品

在市声尘嚣之中，生命的声音已经久被遮蔽，无人理会。让我们安静下来，向自己的内部倾听，听一听自己的生命在说什么。

目录

Contents

第三辑　价值观的力量

第四辑　内在的觉醒

第五辑　把心静下来

第六辑　爱在人间

第七辑　伤痛三记

第八辑　生命考卷

第九辑　思想万花筒

第一辑

我更愿意是我自己

最合宜的位置

我相信，每一个人降生到这个世界上来，一定有一个对于他最合宜的位置，这个位置仿佛是在他降生时就给他准备了的，只等他有一天来认领。我还相信，这个位置既然仅仅对于他是最合宜的，别人就无法与他竞争，如果他不认领，这个位置就只是浪费掉了，而并不是被别人占据了。我之所以有这样的信念，则是因为我相信，上帝造人不会把两个人造得完全一样，每一个人的禀赋都是独特的，由此决定了能使其禀赋和价值得到最佳实现的那个位置也必然是独特的。

然而，一个人要找到这个对于他最合宜的位置，却又殊不容易。环境的限制、命运的捉弄，都可能阻碍他走向这个位置。即使客观上不存在重大困难，由于心智的糊涂和欲望的蒙蔽，他仍可能在远离这个位置的地方徘徊乃至折腾。尤其在今天这个充满诱惑的时代，不少人奋力争夺名利场上的位置，甚至压根儿没想到世界上其实有一个仅仅属于他的位置，而那个位置始终空着。

我的这个认识，是在许多年里逐渐清晰起来的，现在可以说到了牢不可破的地步。我丝毫不怀疑，我现在所在的这个位置是最适合于我的，因此，外界的诱惑对我产生不了什么作用了。可是，若有人问我这究竟是一个什么位置，我好像又说不清楚。可以肯定的是，完全不能用学者、作家之类的职业来定义它。如果勉强说，就说它是一种很安静的生活状态吧。现在我的生活基本上由两件事情组成：一是读书和写作，我从中获得灵魂的享受；另一是亲情和友情，我从中获得生命的享受。顺便说一句，友情的极致也是亲情，我深感最好的朋友都是我的亲人。亲情和友情使我远离社交场的热闹，读书和写作使我远离名利场的热闹。人最宝贵的两样东西，生命和灵魂，在这两件事情中得到了妥善的安放和真实的满足，夫复何求，所以我过着很安静的生活。

我当然知道，这种很安静的生活适合于我，未必适合于别人。一定有人更适合于过一种轰轰烈烈的生活，他们不妨去叱咤风云，指点江山，一展宏图。人的禀赋各不相同，共同的是，一个位置对于自己是否最合宜，标准不是看社会上有多少人争夺它、眼红它，而应该去问自己的生命和灵魂，看它们是否真正感到快乐。

2008.12

我更愿意是我自己

——答《青年心理》杂志

1. 你怎样形容自己的性格?

恰好二十年前,《中国青年》杂志做过类似的采访,对于同样的问题,我是这样回答的:"敏感,忧郁,怕羞。拙于言谈,疏于功名。不通世故,不善社交。"如此等等。现在再看,觉得仍基本准确。但也有变化,现在不像当年那样敏感和忧郁了,似乎已趋于坚韧和达观。当然,这可以是成熟,也可以是衰老,我姑且当作是前者吧。

我认为,人的基本性格是难以改变的,也不必刻意改变。性格本身无所谓好坏,关键在于正确地使用,使之产生好的结果。比如说,我不善社交,也就不去社交场折腾了,反倒为自己赢得了宁静的心境和独处的时间。

2. 你最喜欢哪个童话故事?为什么?

圣埃克苏佩里的《小王子》。在成人的功利世界里,我常常感到孤独,而这时候孩子便是我的救星。我觉得和孩子非常好沟通,没有任何障碍。在这篇童话中,我读出了作者同样的心情,并且他做了最有力的表达。

3. 做什么事会让你感觉最舒适最享受？

读一本好书。与一个好女人相爱。和自己的孩儿疯玩傻乐。

4. 你对自己最满意和最不满意的是什么？

最满意的是，我在做自己喜欢做的工作，和自己喜欢的人一起生活。最不满意的是，我不善于拒绝，有时候仍会因为情面而做自己并不喜欢做的事情。

5. 近一段时间，让你感到最快乐的是什么事？

停下了一切工作，无所事事。

6. 如果真的有可以让时光倒流的时间机器，你希望回到什么时候？为什么？

古希腊是人类健康生命和高贵心灵的乐园，唐宋是中国文人的黄金时代，都很值得去游历一番。但是，我不想在那里定居。我投生在今天这个时代，因此成为这个时代的产物。设想我是别的时代的人，就等于设想我不是我，而这又等于设想我不存在。

如果你问的是希望回到我自己人生的什么时候，我告诉你，我不想回到任何时候。人生一切美好经历的魅力就在于不可重复，它们因此而永远活在了记忆中。

7. 你觉得自己最好的习惯是什么？怎样养成的？

写日记。我在五岁时就自发地写日记了。开始的原因似乎很可笑，那时候大家都穷，吃到一点儿好东西不容易。我想，今天吃了，明天忘了，不是白吃了吗。于是做了一个小本子，吃到好东西就记下来。后来所记的当然不这么幼稚了，但相同的是，我通过写日记留住了人生的许多好滋味。

写日记是心灵生活的好方式。我的体会是，通过写日记，第一能把自己的外在经历转化成内在财富，从而使心灵丰富；第二能经常从热闹的外部生活中抽身回来，与自己相处和对话，从而使心灵宁静。

8. 你最喜欢异性身上的什么特点？

温柔，聪慧，善解人意。单纯一些，不要太功利，女人一功利就特别俗，让我觉得不像女人。当然，我摆脱不了男人的偏见，还喜欢女人漂亮。

9. 爱情中最重要的品质是什么？

真诚，信任，包容。

10. 你觉得爱一个人最好的方式是什么？

把她（他）当作独立的个人尊重她，把她当作最亲的亲人心疼她。

11. 失去什么，会让你觉得绝望？

爱的能力，思想的能力。

12. 你觉得最好的职业是什么？为什么？

最好的职业是有业无职，就是有事业，而无职务、职位、职称、职责之束缚，能够自由地支配自己的时间，做自己喜欢做的事。例如艺术家、作家、学者，当然，前提是他们真正热爱艺术、文学和学术。否则，职位、职务、职称俱全而唯独无事业的所谓学者、作家、艺术家，今天有的是。

13. 怎样确定一个职业是否适合自己？

应该符合三个条件：第一，有强烈的兴趣，甚至到了不给钱也一定要干的程度；第二，有明晰的意义感，确信自己的生命价值借此得到了实现；第三，能够靠它养活自己。

14. 讲一讲对你来说最难的一次选择。你是怎样选择的？有没有后悔？

人生的道路分内外两个方面。外在的方面往往由命运、时代、环境、机遇决定，自己没有多少选择的主动权。因此，我基本上是顺其自然，很少主动去争取什么。内在的方面，精神的取向和历程，我相信在很大程度上自己是可以支配的，我会比较执着。

在人生的某种绝境中，真正发生的情况实际上不是难以选择，而是无可选择，所以也谈不上后悔。你应该知道我指的是什么。

15. 促使你成功的最重要品质是什么？

我从来不觉得自己是一个成功人士。我自小比较自卑，没有出人头地的野心，今天所获得的这些外在的东西，所谓名声之类，完全超出了我的预期。如果这算是成功，那么，我能得到它们，也许正是因为我没有把它们太当一回事，至少没有当作自己的目标。现在我的总结是，把优秀当作第一目标，而把成功当作优秀的副产品，这是最恰当的态度，有助于一个人获取成功，或者坦然地面对不成功。

16. 你怎样处理工作中的人际关系？讲一个你认为好用的方法。

我给自己处理人际关系确立了一个原则，就是尊重他人，亲疏随缘。工作中的人际关系稍微麻烦一些，因为躲不开，常常还会影响自己的切身利益。不过，只要对利益超脱一点儿，这个原则仍然适用。

17. 你是否遇到过危机，如何克服的？

人生难免遇到危机，情况各异，不可一概而论。大体上是，能主动应对当然好，若不能，就忍受它，等待它过去。

18. 如果你有机会可以做另外一种人，你想做什么人？过什么样的生活？

我曾和一个五岁男孩谈话，告诉他，我会变魔术，能把一个人变成一只苍蝇。他听了十分惊奇，问我能不能把他变成苍蝇，我说能。他陷入了沉思，然后问我，变成苍蝇后还能不能变回来，我说不能，他决定不让我变了。我也一样，想变成任何一种人，体验任何一种生活，包括国王、财阀、圣徒、僧侣、强盗、妓女等，甚至也愿意变成一只苍蝇，但前提是能够变回我自己。所以，归根到底，我更愿意是我自己。

2008.7

少儿时代是我的良师

——《周国平寄小读者》序

二十一世纪出版社向我约稿，要我从迄今为止的作品中选出十来万字，编成一本给少儿读的书。这真是和我想到一块儿了，在约稿之前，我已经想要做这件事，并且列入了今年的工作计划。那么，我就说一说为什么我想要做这件事。

我自己也有过少儿时代，曾经也是一个小读者。那当然是老早的事了，但是，儿时的求知渴望，少年的惆怅心情，仿佛仍在我心灵深处的某个角落里潜藏着，我是一点儿不陌生的。我一路走来，走了人生大半路程，离那个从前的男孩越来越远。然而，我有一个感觉，我觉得自己好像一路都在和那个男孩做伴，与他交谈，不断地把我的所见所闻和所感所思告诉他，听取他的回应。我诚然比他成熟，也许有以教他，但他不只是我的学生，他那么纯真、敏感，本能地厌恶一切空话和假话。深藏在我心中的少儿时代同时也是一个良师，一直在检查我的作业，督促我做一个诚实的思想者和写作者。

你们一定想到了，那个良师不只在我的心中，也在我的眼前，那就是你们，我的小读者。在你们面前，一个作家必须诚实，你们不屑于理睬任何的故弄玄虚、牵强附会和言不由衷。我多么希望我的作业能够经得住你们的检查。当然，如果作业是合格的，应该也能使你们受益。

那个从前的男孩一路走来，走到了今天的时代，垂垂老矣。如果那个男孩晚生几十年，今天仍是一个孩子，处在这个物欲膨胀、竞争激烈的时代，他肯定会比当年更感到迷惘，有更多的困惑。我多么爱他，凭我的人生阅历和思考，我能给他一些什么指点呢？在选编这本书时，我作如是想，斟酌再三，由此形成了一个思路。全书分五辑，实际上是我认为一个涉世不深的人在今天最容易迷失，因此最应该珍视的价值，这就是——

1. 成为你自己——我愿他不受外界时尚和潮流的支配，有真实的自我；

2. 爱使人富有——我愿他的心不在社会的竞争中变得冷漠，有丰盈的爱心；

3. 向教育争自由——我愿他能抵御现行教育的弊端，做学习的主人，有活泼的心智；

4. 生命中不能错过什么——我愿他的真性情不被物欲污染，保持本色的生命；

5. 人的高贵在于灵魂——我愿他做人有道德，处世有理想，有高贵的灵魂。

你们一定想到了，这也是我对你们的希望，因为你们就是生活在今天的那个少儿时代的我，你们还是今天的我的孩子，我爱你们，我的小读者。

2010. 5

在色与空之间

——我的写作，我的心灵生活

在我的人生中，成为一个所谓著名的散文作家，这是一件完全出乎我自己意料的事。其实，写这些东西的时候，我哪里是在写散文啊。因为生活中的变故和苦难，我不得不劝慰自己，开导自己，而我的资源只有哲学，手段只有文字，于是写下了许多哲学性的感悟和思考，这些东西便被人称作了哲理散文。同时，由于变故导致的心情，我难以潜心做系统的学术工作和写大部的著作，篇幅短小的文字就成了最合宜的形式。正是在那变故频繁的若干年里，我写的散文数量最多，质量也比较高。表面看来，这好像是一个外力把我从一条轨道撞到了另一条轨道上。可是，我因此脱离哲学的轨道了吗？我相信没有。在我迄今为止的全部生涯中，再也找不出这样一个时候，我从哲学那里获得了如此重要的帮助，为此我对哲学满怀感激。

在此之后，仿佛由于惯性，我仍写了不少散文。有一段时间，因为所谓名气，约稿特别多，我又不善于拒绝，不免写了一些臭文章，对自己并无真切感受和深入思考的问题发表了议论。好在我对这种情况及时产生了警惕，下决心基本上谢绝了约稿。我给自己确立了一个原则：我的写作必须同时是我的精神生活，两者必须合一，否则其价值就要受到怀疑。好的作者在写作上一定是自私的，他绝不肯仅仅付出，他要求每一次付出同时也是收获。人们看见他把一个句子、一本书给予这个世界，但这只是表面现象，实际上他是往自己的精神仓库里又放进了一些可靠的财富。这就给了我一个标准，凡是我不屑于放进自己的精神仓库里去的东西，我就坚决不写，不管它们能给我换来怎样的外在利益。

回过头去看，我的写作之路与我的心灵之路是相当统一的，基本上反映了我在困惑中寻求觉悟和走向超脱的历程。我原是一个易感的人，容易为情所困，跳不出来。我又是一个天性悲观的人，从小就想死亡的问题，容易看破红尘。因此，我面临双重的危险，既可能毁于色，也可能堕入空。我的一生实际上都是在与这两种危险做斗争，在色与空之间寻找一个安全的中间地带。我在寻找一种状态，能够使我享受人生而不沉湎，看透人生而不消极，我的写作就是借助于哲学寻找这种状态的过程。经常有人对我说，他们通过我的作品发现，我的内心既宁静又有激情，我对人生看得很透彻却仍充满理想主义，相反的因素结合得十分和谐。我不敢说我真的达到了这种境界，但我自信正在形成一种比较成熟的生命态度，这种态度体现了我的个性与世界之间的恰当关系。我还相信，我今天的生命状态和写作状态包容了我的全部过去，我童年和少年时的敏感，读大学时的热爱文学和对生命感受的看重，毕业后山居生活中的淡泊心境，生命各阶段上内心深处时隐时显的哲学性追问，仿佛都在为这种状态做着准备，并在其中找到了归宿。

我的一些朋友有强烈的社会责任感，要用作品直接影响社会进程。我不给自己树这样的目标。我写作从来不是为了影响世界，而只是为了安顿自己。我的所思所写基本上是为了解决自己的问题，也许正因为如此，写出的东西才会对那些面临着相似问题的人有所启迪，从而间接地产生了影响社会的效果。一个作品如果对于作者自己没有精神上的价值，它就对任何一个读者都不可能具有这种价值。自救是任何一种方式的救世的前提，如果没有自救的觉悟，救世的雄心就只能是虚荣心、功名心和野心。中国知识分子历来热衷于做君王或民众的导师，实际上往往只是做了君王的臣僚和民众的优伶，部分的原因也许在这里。

我的作品为我在专业范围之外赢得了广大读者，同时也使我在一些专业人士那里遭到了不务正业的讥评。好在我对此不太在意，当我做着自己真正想做的事情的时候，别人的褒贬是不重要的。对于我来说，不存在正业副业之分，凡是出自内心需要而做的事情都是我的正业。若一定要说专业才是正业，那么，我的专业是哲学，而我所写的多数作品完全没有离开哲学的范畴。在我的散文中，我的思考和写作始终围绕着那些最根本的哲学问题，例如生命的意义、死亡、时间与自我、爱与孤独、苦难与幸福、灵魂与超越等。在现代商业化社会里，这些问题由于被遗忘而变得愈发尖锐，成为现代人精神生活中的普遍困惑。我想，也许正因为这个原因，我的作品才会获得比较广泛的共鸣。我丝毫不低估学术工作的重要性，并对踏实地做着这种工作且取得了成绩的同行怀有敬意。就我自己而言，我不愿意做所谓纯学术研究，而宁愿以我的方式把学术工作纳入我的精神探索的整体轨道。

2004.5

我判决自己诚实

——《岁月与性情》序

明年我六十岁了。尼采四十四岁写了《看哪这人》，卢梭五十八岁完成《忏悔录》。我丝毫没有以尼采和卢梭自比的意思，只是想说明，我现在来写自传并不算太早。

我常常意识不到我的年龄。我想起我的年龄，往往是在别人问起我的时候，这时候别人会露出惊讶不信的神情，而我只好为事实如此感到抱歉。几乎所有人都觉得我不像这个年龄的人，包括我自己。我相信我显得年轻主要不是得益于外貌，而是得益于心态，心态又会表现为神态，一定是我的神态蒙蔽了人们，否则人们就会看到一张比较苍老的脸了。一位朋友针对我揶揄说，男人保持年轻的诀窍是娶一个年轻的太太，对此我无意反驳。年轻的妻子和年幼的女儿组成了我的最经常的生活环境，如同一面无时无刻不在照的镜子，我从这面镜子里看自己，产生了自己也年轻的错觉，而只要天长日久，错觉就会仿佛成真。不过，反过来说，我同样是我的妻子的这样一面镜子，她天天照而仍觉得自己年轻，多少也说明了镜子的品质吧。

然而，我清楚地知道，心态年轻也罢，长相年轻也罢，与实际上年轻是两回事。正如好心人对我劝告的，我正处在需要当心的年龄。我大约不会太当心，一则不习惯，二则不相信有什么大用。虽然没有根据，但我确信每个人的寿命是一个定数，太不当心也许会把它缩短，太当心却不能把它延长。我无法预知自己的寿命，即使能，我也不想，我不愿意替我自己不能支配的事情操心。不过，好心人的提醒在我身上还是产生了一个作用，便是促使我正视我的年龄。无论我多么向往长寿，我不能装作自己不会死，不知道自己会死，一切似乎突然实则必然的结束只会光顾别人不会光顾我。我是一个多虑的人，喜欢为必将到来的事情预作准备。即使我能够长寿，譬如说活到八九十岁，对于死亡这样一件大事来说，二三十年的准备时间也不算太长。现在我拿起笔来记述自己迄今为止的生活，就属于准备的一部分，是蒙田所说的收拾行装的行为。做完了这件事，我的确感到了一种放心。

因此，在一定的意义上，这本书可以称作一个终有一死的人的心灵自传。夏多布里昂把他的自传取名为《墓中回忆录》，对此我十分理解。一个人预先置身于墓中，从死出发来回顾自己的一生，他就会具备一种根本的诚实，因为这时他面对的是自己和上帝。人只有在面对他人时才需要掩饰或撒谎，自欺者所面对的也不是真正的自己，而是自己在他人面前扮演的角色。在写这本书时，我始终设想自己是站在全知全能的上帝面前，对于我的所作所为乃至最隐秘的心思，上帝全都知道，也全都能够理解，所以隐瞒既不可能也没有必要。我对人性的了解已经足以使我在一定程度上跳出小我来看自己，坦然面对我的全部经历，甚至不羞于说出一般人眼中的隐私。我的目的是给我自己以及我心目中的上帝一个坦诚的交代，我相信，唯其如此，我写下的东西才会对世人也有一些价值，人们无论褒我还是贬我，都有了一份值得认真对待的参考。

当然，我毕竟还活在这个世界上，与这个世界有着千丝万缕的联系。因此，事实上我不可能说出全部真话，只能说出部分真话。我对自己的要求是，凡可说的一定要说真话，绝不说假话，对不可说的则保持沉默。所谓不可说的，其中一部分是因为牵涉到他人，说出来可能对他人造成伤害。我在这个世界上没有私敌，我不愿意伤害任何人。仅在与私生活无关的场合，当我认为事关重要事实和原则之时，我才会做某些批评性的叙述或评论，但所针对的也不是任何个人。然而，有一点是我要请求原谅的，人生中最难忘的经历实际上都是由与某些特殊他人的关系组成的，有若干人——包括男人和女人——在我的生活中曾经起过重要的作用，如果不写他们，我就无法叙述自己的经历。譬如说，在叙述我的情感经历时，我就不可能避而不写与我有过亲密关系的女人。如果她们因此感到不快，我只能向她们致歉。不过，读者将会看到，当我回顾我的生命历程时，如果说我的心中充满感激之情，我首先感激的正是曾经或正在陪伴我的女人。

在这本书中，我试图站在一种既关切又超脱的立场上来看自己，看我是怎样一步步从童年走到今天，成为现在的这个我的。我想要着重描述的是我的心灵历程，即构成我的心灵品质的那些主要因素在何时初步成形，在何时基本定型，在生命的各个阶段上以何种方式显现。我的人生观若要用一句话概括就是真性情。我从来不把成功看作人生的主要目标，觉得只有活出真性情才是没有虚度了人生。所谓真性情，一面是对个性和内在精神价值的看重，另一面是对外在功利的看轻。我在回顾中发现，我的这种人生观其实早已植根于我的早年性格中了，是那种性格在后来环境中历练的产物。小时候，我是一个敏感到有些病态的孩子，这种性格使我一方面极为关注自己内心的感受，另一方面又拙于应对外部世界，对之心存畏怯和戒备。前一方面引导我日益沉浸于以读书和写作为主的智性生活和以性爱和亲子之爱为主的情感生活，并从中获得了人生最主要的乐趣；后一方面也就自然而然地发展成了对外在功利的淡泊态度。不妨说，我的清高源于我的无能，只不过我安于自己在这方面的无能罢了。说到底，人的精力是有限的，有所为就必有所不为，而人与人之间的巨大区别就在于所为所不为的不同取向。敏感和淡泊——或者说执着和超脱——构成了我的性情的两极，这本书描述的便是二者共生并长的过程，亦即我的性情之旅。

任何一部自传都是作者对自我形象的描绘，要这种描绘完全排除自我美化的成分，几乎是不可能的，我知道我绝不会是一个例外。即使坦率如卢梭，当他在《忏悔录》中自陈其劣迹时，不也是一边自陈一边为此自豪，因而实际上是在用另一种方式显示其人性的丰富和优秀吗？我唯一可以自许的是，我的态度是认真的，我的确在认真地要求自己做到诚实。我至少敢说，在这个名人作秀成风的时代，我没有作秀。因此，我劝那些喜欢看名人秀的读者不要买这本书，免得失望。我也要告诫媒体，切勿抽取书中的片段材料，用来制造花边新闻，那将是对这本书的严重亵渎。我只希望那样的读者翻开这本书，他们相信作者是怀着严肃的心情写它的，因而愿意怀着同样的心情来读其中的每一个字。

2004.5

记忆永远是改写

——《侯家路》序

在我现在的记忆中，有一个朴素的小本子占据着牢不可破的位置。那是当年小学生用的小三十二开的练习本，我把它从中间截为两半，做成了两个小本子，把其中的一本随身携带。我相信当时我五岁，刚上小学，会写字了，便经常在这小本子上记一些孩子气的事情。比如说，父亲带我去亲戚或朋友家做客，主人会拿出糖果点心给我吃，这对于当时的我是难得的快乐，我心想：今天吃了，过几天忘了，不就白吃了吗？于是就在小本子上记下日期和所吃的食品，因此感到一种满足，似乎把得到的快乐留下了。我把记忆中的这个举动确定为我自发地写日记的开端。

这个写着稚拙字迹和可笑内容的小本子早已不知去向了。它真的存在过吗？我真的是从五岁开始写日记的吗？我无法向自己证明。然而，我毫不怀疑并且不需要证明的是，我确信我很早就有了一种意识，便是人生中的一切经历都会流逝，我为此惋惜甚至惊慌，一定要用某种方式把它们留住。正是为了留住岁月的痕迹，人类有了文字，个人有了写作。

我自觉地写日记是从高中一年级开始的。那年我十四岁，考入上海中学，第一次离开父母，成为一个寄宿生，又正值青春期来势凶猛，身心涌动着秘密的欢乐和苦闷，孤独而内向的我只好向日记诉说。我写得非常认真，几乎天天写，每天写好几页。我清晰地记得高中第一个日记本的样子，小三十二开的异型本，装订线在上方，本子很厚，纸很薄，每一页都写满了密密麻麻的小字。我的这个记忆确凿无疑，因为是我亲手把它毁掉的，毁掉之后无数次地思念它，一个人对于亲手毁掉的珍贵之物的记忆绝不会失误。

1968 年 3 月，我上北京大学的第五个年头，“文革”中两派斗争趋于激化，武斗有一触即发之势，我所住的宿舍楼即将被对立派占领。最令我担心的是床底下的那一个纸箱，里面满装着从中学到大学的全部日记和文稿。当时学校里查抄“反动日记”成风，如果我的文字落入对立派之手，从中必能找出罗织罪名的材料。时间紧迫，来不及细想也来不及挑选了，我狠心做了一件日后使我永远悔恨的事情。

讲述这个经历是为了说明，当我回忆童年和少年往事之时，我的手头没有任何可资借鉴的当年的文字材料。不幸中之小幸，在离开北大到广西一个小县工作之后，寂寞的岁月里，我曾凭记忆写过一篇简略的回忆，为二十年后的写作提供了追忆的线索。可是，即使在写那篇东西时，许多细节已经遗忘，许多思绪已经湮灭，情随景迁，一切触景生情的感触都找不回来了。我设想，如果早年的文字还在，我写出的就不是回忆而是另一种东西了。它也许是成年的我对在早年文字中呈现的儿时的我的一种审视和关照，彼此的一种问候和对话。我多么渴望通过当年的文字真切地看见那个活生生的儿时的我，而不只是在依稀的记忆中追寻他的影子啊。现在我的唯一依据是记忆，而记忆永远是改写，不可避免地会经受现在的我的心灵棱镜的过滤和折射。那么，倘若人们从中认出了现在的我的表象乃至本质，应该是毫不奇怪的了。

我于 2004 年出版《岁月与性情——我的心灵自传》一书，其中第一部《儿时记忆》是对童年和少年的回忆。现在这本小书，是由这部分内容扩充而成的。我的童年是在上海老城区的一条小路上度过的，那么就用这条小路的名字做书名吧。

2014. 8

我没有隐私

——《岁月与性情》二版序

我的书一向是很安静地走向读者的，唯有这一本似乎是一个例外。初版之时，始则招来了媒体的一阵喧哗，继而又给我惹来了一场官司。它本来也是一本安静的书，却因为围绕着它的噪音而不得安宁了。四年半后的今天，这些噪音皆已沉寂，我把它重新出版，相信它可以在一种于它合宜的氛围中与读者见面了。

本书初版之时，一位朋友对我说了两句话。第一句：这本书出晚了。第二句：这本书出早了。他的意思是，中国早该有这样的书了，但是中国现在仍缺少懂它的读者。当时，面对众声喧哗，我觉得他说得有理。有一个人在这里严肃地反思自己的经历，大家却只盯着其中的所谓隐私起哄。我的感觉是，我完全走错了地方，原以为是去和朋友谈心，听见了哄笑，才发现自己是走进了一个大娱乐场。在这个娱乐化的时代，人们不能容忍严肃，非把严肃化为娱乐不可，如果做不到，就干脆把戏侮严肃当作一种娱乐。好在媒体是不会在某一个话题上长久停留的，它必须不断制造新的热闹方可生存，从而使任何目标物都不会被纠缠得太久。我自己得到的教训是，不管出版方多么热情，我都不要接受用畅销书的方式做我的书，那样几乎必然会使它走错地方，走到不相干的人群中去。

其实，对于人们所认为的那些隐私，我自己完全不觉得是什么隐私。比如性觉醒的风暴，哪个男孩没有经历过啊，当我事隔几十年回看这个在风暴中痛苦挣扎的男孩时，我的确觉得他不是周国平，而是世界上所有的男孩。男孩成长中一个如此普遍、如此重要的事情，我们为什么不去正视它、认识它，反而要忌讳？不止一位母亲因为书中的这个内容诚挚地向我道谢，感谢我帮助她们懂得了自己的孩子，她们的反应使我足可以藐视那些无知的起哄了。

又比如书中对情爱经历的反思，舆论一时为之哗然。这个时代真是奇怪，人们容忍甚至欣赏一夜情、泡妞、养情妇等，可是，倘若你在情爱上认真，婚姻有过挫折，人们就叫嚷起来了，从道德上来评判你了。人们乐意听艳闻和风流故事，却忌讳你做诚实的自我解剖。有一些人（女性居多）表示对我失望，是因为她们原先把我想象成一个哲人，而哲人似乎应该是只有灵魂、没有肉体的，现在发现我也有肉体，甚至还有过婚变，于是感到震惊。她们原先是把我看错了，我的确不是一个抽象的哲人，而是一个有七情六欲的普通男人，对此我深感抱歉。还有一些人（男性居多）责备我作为一个学者，本应该好好做学问，不该拿自己的私生活做文章。我要告诉这些正经的人，所谓私生活是我生命中最重要的财富，如果为了当学者必须放弃它们，不许把它们变成一种精神产品，我就不当学者好了。对于我来说，有比学问更重要的东西，那就是生活本身。其实，做学问首先也是我的一种私生活，即一种个人的精神生活，如果它仅仅是公生活，我完全可以不做。

如果我是一个读者，我会认为，知道一个叫周国平的人自幼及长经历了一些什么事，这没有丝毫意义。如果这本书中的确有一些对于读者有价值的东西，那肯定不是这个周国平的任何具体经历，而应该是他对于自己经历的态度，那是任何一个读者都可以采取的。我自己认为，这种态度有两个要点：一是尽可能地诚实，正视自己的任何经历，尤其是不愉快的经历，把经历当作人生的宝贵财富。二是尽可能地超脱，从自己的经历中跳出来，站在一个比较高的位置上看它们，把自己当作认识人性的标本。我相信，无论谁用这样既诚实又超脱的眼光看自己，他的眼光就会变得既深刻又宽容，在这样的眼光下，一切外部经历都可以转化成心灵的财富，一切隐私都可以还原成普遍的人性现象。

作为中国社会近几十年巨大变迁的亲历者，我从自己的个人视角出发，对不同时期的时代实景也做了比较详尽的描述。其中，第二部《北大岁月》描述了“文革”前和“文革”中的思想文化专制，第三部《农村十年》描述了“文革”后期的中国农村，第四部《走在路上》描述了改革初期的解冻。我只写我看到的实景以及与之关联的个人命运和心境，不用今天的理论去规范它们，在众多的集体回顾中，这或许另有一种价值吧。

我在《北大岁月》中写郭世英时涉及一个人，因此惹来了官司。在写作时，我已估计到可能惹麻烦，但为了对亡友和历史负责，仍决定说出自己所知道的情况。这场官司若从原告在媒体上宣布算起，到二审结案，持续了两年多，我为此耗费了许多精力，但并不后悔。主要的收获倒不是我胜诉了，而是在这个过程中，在世的当事人包括原告本人都发表了大量陈述，互相参证，使得事情的真相比以往任何时候都清楚了。在本书中，对相关事情的记述基本准确，且不是重点内容，我就既不做修改，也不做补充了。排除了官司的干扰，对本书这些章节的阅读会更加纯粹。

我的作品从来仅仅是诉诸那些独立的读者的，我也仅仅看重他们的反应。我所说的独立的读者，是指那些不受媒体和舆论左右的人，他们只用自己的头脑和心来阅读。随着围绕本书初版的噪音逐渐平息，我越来越多地听到了他们的声音，包括赞赏和理解，也包括认真的批评。我向他们表示衷心的感谢。

2008. 12

德鲁克经典五问之我的回答

——应《费加罗》杂志之约

1. 我是谁？

千古疑案，至今迷惘。

什么是我的优势？

就是知道自己没有优势。

我的价值观是？

做自己喜欢的事，和自己喜欢的人在一起。

2. 我在哪里工作？

天地之间，独处之时。

属于谁？

上帝、女人和孩子。

是决策者、参与者还是执行者？

都不是。来这个世界走一趟，算是一个感受者、思考者、记录者吧。

3. 我应该做什么？

我没有使命感，会问自己想做什么、能做什么，而非应该做什么。

会对社会有什么贡献？

让听到我的声音的人安静下来。

4. 在人际关系上承担什么责任？

尊重他人，亲疏随缘。

5. 后半生的目标和计划是？

弄清我是谁。

2013. 5

第二辑

让生命回归单纯

让生命回归单纯

人来到世上，首先是一个生命。生命，原本是单纯的。可是，人却活得越来越复杂了。许多时候，我们不是作为生命在活，而是作为欲望、野心、身份、称谓在活，不是为了生命在活，而是为了财富、权力、地位、名声在活。这些社会堆积物遮蔽了生命，我们把它们看得比生命更重要，为之耗费一生的精力，不去听也听不见生命本身的声音了。

人是自然之子，生命遵循自然之道。人类必须在自然的怀抱中生息，无论时代怎样变迁，春华秋实、生儿育女永远是生命的基本内核。你从喧闹的职场里出来，走在街上，看天际的云和树影，回到家里,坐下来和妻子儿女一起吃晚饭,这时候你重新成为一个生命。

在今天的时代，让生命回归单纯，这不但是一种生活艺术，而且是一种精神修炼。耶稣说："除非你们改变，像小孩一样，你们绝不能成为天国的子民。"那些在名利场上折腾的人，他们既然听不见自己生命的声音，就更听不见灵魂的声音了。

人不只有一个肉身生命，更有一个超越于肉身的内在生命，它被恰当地称作灵魂。外在生命来自自然，内在生命应该有更高的来源，不妨称之为神。二者的辩证关系是，只有外在生命状态单纯之时，内在生命才会向你开启，你活得越简单，你离神就越近。在一定意义上，人生觉悟就在于透过社会堆积物去发现你的自然的生命，又透过肉身生命去发现你的内在的生命，灵魂一旦敞亮，你的全部人生就有了明灯和方向。

说到底，人活的就是一个价值观，不同的价值观造就不同的人生。我自己觉得，我的价值观已经相当明晰而简单，围绕着两个词，即人最宝贵的两样东西，一是生命，二是灵魂。老天给了每个人一条命、一颗心，把命照看好，把心安顿好，人生即是圆满。把命照看好，就是要保持生命的单纯，珍惜平凡生活。把心安顿好，就是要积累灵魂的财富，注重内在生活。平凡生活体现了生命的自然品质，内在生活体现了生命的精神品质，把这两种生活过好，生命的整体品质就是好的。

生命只有一次，让我们好好地活，活出生命的品质。

2010. 8

从容是基本的好

——《愿生命从容》序

这本书的编选者不是我，在很大程度上也不是出版社的编辑。是谁编选了这本书？本书编辑姜应满在《编后记》中如是说：

> 作为读者与编辑的双重身份，我有个心愿，我想与万千读者互动，我想看看历经岁月流变、时代变迁，一代代读者喜欢的周国平又有多少重叠。我开始各种搜索，查看读者评论、读后感、分享数与推荐数，从而甄选出了58篇周国平文章，收录豆瓣、人人、百度、新浪、网易、腾讯等亿万网友感动和推荐最多的篇目。该书选篇非作者自选，也非编辑个人选择，而是众读者的选择。

非常有意思。我知道我的文章常被网友转发和评论，但我自己没有时间去查看，而现在通过小姜的辛勤工作，我仿佛看到了类似海选投票的结果。我嫌我的作品选本已经太多，对于出版新的选本总是十分犹豫，可是这个选本很特别，我决定开绿灯。好比烹饪，点菜率高反映了某种普遍的口味，把这些品种集中起来，专开一间餐厅，对于人们未尝不是提供了方便。

网络是一个热闹的地方，这个热闹的地方也有一些安静的角落，我的作品也许就是在这些安静的角落里流传。这是一个快节奏的时代，人们仿佛被裹挟着匆忙前行。大家喜欢匆忙吗？不会的，好像是身不由己吧。但是，身不由己——这本身就是问题，人怎么可以放弃对自己身体的主权，任其完全被外界的因素支配呢？我相信，那些喜欢我的作品的读者和我有同感，他们宁愿和人世间的各种竞争保持距离，让自己的生命从容。

愿生命从容——我认为，这个标题准确地概括了本书所选文章的主旨。你真正爱你的生命，就要照看好它，让它有一个好的状态。一个人太看重外在的功利，就会顾不上照看自己的生命，对它的状态忽略乃至麻木。生命不应该是用来获取别的东西的手段，它本身就是目的，你所做的一切，其价值归根到底要根据对你的生命状态的作用之好坏来评判。也许有人会问，从容是唯一的好状态吗？不错，你还可以让你的生命精彩，去创造辉煌，扬名天下。精彩当然也很好，但是，据我所见，真正活得精彩的人一定不是急于求成之辈，其共同点是对自己的兴趣和能力有足够的认知，知道自己的路在哪里，因而能够从容地走在这条路上，也从容地享受途中的收获。所以，从容是基本的好，有了它未必精彩，没有它肯定不精彩。

人年轻时不容易从容，因为什么都想要，却又不知道真正想要的是什么，于是内心焦躁，行动忙乱。从躁乱到从容有一个过程，在其中起作用的诚然有阅历的增长，但仅此还不够。有的人阅历倒是增长了，经历了一些挫折，明白不可能什么都要，却仍不知道自己该要和能要的是什么，结果不是变得从容，而是变得沮丧和消极。真正重要的是：第一知道你应该要什么，人生中什么是重要的、值得争取的；第二知道你能够要什么，做什么事最适合于你的性情和禀赋。前者是正确的价值观，后者是准确的自我认识，在我看来，二者是让你的生命从容的关键。那么，在本书出版之际，我就把这作为对青年朋友的希望，与你们共勉吧。

2014.12

诗意地栖居

鉴于碳排放过量导致全球环境破坏和气候异常的严峻事实，国际社会正在倡导低碳理念，实施低碳行动，中国政府对此也积极响应。低碳理念的落实，在技术层面上有赖于能源体系的变革，即寻求化石能源节约、高效和洁净化利用的途径，并大力发展非化石洁净能源。但是，单有技术层面显然不够，严重碳污染只是人类某种错误的生存发展观念的恶果之一，唯有在哲学层面上深刻反思，根本转变人类的生存发展观念，才能真正解决问题。

本年度北京科技周以“诗意地栖居”为主题举办低碳生活专题论坛，邀我做嘉宾，我就从今天在中国广泛流传的这一句诗谈起吧。荷尔德林有一首诗，其中的一句是：“人诗意地栖居在这个大地上。”海德格尔对这一句诗做了非常繁复的分析，其中心意思是，诗意是栖居的本质，只有诗意才使人真正作为人栖居在大地上，从而使栖居成为安居，使大地成为家园。我认为可以由之引申出两个观点：第一，在人与自然的关系上，人应该以诗意方式而非技术方式对待自然；第二，在人自身的幸福追求上，人应该以诗意生活而非物质生活作为目标。从这两个方面来看当今中国人的生存境况，我们不得不承认，诗意已经荡然无存。

什么叫对待自然的技术方式？就是把自然物仅仅看成满足人的需要的一种功能，对人而言的一种使用价值，简言之，仅仅看成资源和能源。天生万物，各有其用，这个用不是只对人而言的。用哲学的语言说，万物都有其自身的存在和权利，用科学的语言说，万物构成了地球上自循环的生态系统。然而，在技术方式的统治下，一切自然物都失去了自身的存在和权利，只成了能量的提供者。今天的情况正是如此，在席卷全国的开发热中，国人眼中只看见资源，名山只是旅游资源，大川只是水电资源，土地只是地产资源，矿床只是矿产资源，皆已被开发得面目全非。这个被人糟蹋得满目疮痍的大地，如何还能是诗意地栖居的家园？

由此可见，问题不是出在技术不到位，而是出在对待自然的技术方式本身。与技术方式相反，诗意方式就是要摆脱狂妄的人类中心主义和狭窄的功利主义的眼光，用一种既谦虚又开阔的眼光看自然万物。一方面，作为自然大家庭中的普通一员，人以平等的态度尊重万物的存在和权利；另一方面，作为地球上唯一的精神性存在，人又通过与万物和谐相处而领悟存在的奥秘。其实，对待自然的诗意方式并不玄虚，这在一切虔信的民族那里是一个传统。比如在藏民眼中，自然山河绝不只是资源和能源，更不是征服的对象，相反，他们把大山大川看作神居住的地方，虔诚地崇拜。

毫无疑问，人为了生存，对待自然的技术方式是不可缺少的。但是，必须限制技术的施展范围，把人类对自然物的干预和改变控制在最必要限度之内，让自然物得以按照自然的法则完成其生命历程。人类应该在这个前提下来安排自己的经济和生活，而这就意味着大大减少资源和能源的开发及使用。

也许有人会问：这不是要人类降低生活质量，因而是一种倒退吗？且慢，我正想说，若要追究我们对待自然的错误方式的根源，恰恰在于我们的价值观、幸福观出了问题。正因为在我们的幸福蓝图中诗意已经没有一点儿位置，我们才会以没有丝毫诗意的方式对待自然。在今天，人们往往把物质资料的消费视为幸福的主要内容，国家也往往把物质财富的增长视为治国的主要目标，我可断言，这样的价值观若不改变，人类若不约束自己的贪欲，人对自然的掠夺就不可能停止。我听到有论者强调说：低碳经济的目标是低碳高增长。我不禁要问：为什么一定要高增长？我很怀疑，以高增长为目标，低碳能否实现，至少在非化石能源尚难普及的相当长时期里是无法实现的。在我看来，宁可经济增长慢一点儿，多花一点儿力气来建构全民福利，缩小贫富差别，增进社会和谐，这样人民是更幸福的。

所以，真正需要反思的问题是：什么是幸福？我一向认为，人最宝贵的东西，一是生命，二是心灵，而若能享受本真的生命、拥有丰富的心灵，便是幸福。这当然必须免去物质之忧，但并非物质越多越好，相反，毋宁说这二者的实现是以物质生活的简单为条件的。一个人把许多精力给了物质，就没有什么闲心来照看自己的生命和心灵了。诗意的生活一定是物质上简单的生活，这在古今中外所有伟大的诗人、哲人、圣人身上都可以得到印证。现代人很看重技术所带来的便利，日常生活依赖汽车和家用电器，甚至运动和娱乐也依赖各种复杂的设施，耗费了大量能源，但因此就生活得比古人幸福吗？李白当年“五岳寻仙不辞远，一生好入名山游”，走了许多崎岖的路，留下了许多不朽的诗。我们现在乘飞机往返景区，乘缆车上山下山，倒是便捷了，但看到、感受到的东西可有李白的万分之一？我们比李白幸福吗？苏东坡当年夜游承天寺，对朋友感叹道：“何夜无月，何处无竹柏，但少闲人如吾二人耳。”我们现在更少这样的闲人，而最可悲的是，从前无处不有的明月和竹柏也已经成了稀罕之物，我们比苏东坡幸福吗？

是的，诗意是栖居的本质，人如果没有了诗意，大地就会遭蹂躏，不再是家园，精神就会变平庸，不再有幸福。

2010.5

戏说欲望

——在巴黎之花晚宴上的讲话

今天的晚宴设计了六个话题，分别请六个人讲，刚才五位朋友讲了前五个话题，按照主办方的安排，现在我来讲最后一个。据我所知，原先拟定的话题里有“婚姻”，可是，婚姻好像是一个尴尬的话题，没人肯认领。这也难怪，因为，如果你赞美婚姻，等于是你在证明自己的平庸，如果你抨击婚姻，又等于是你在控诉自己的配偶，反正怎么说都不对。结果，“婚姻”被“回忆”取代。

这颇具讽刺意味。在现实生活中，回忆正是婚姻的避难所：当我们对婚姻发生动摇时，我们就回忆曾有的爱情，来坚定自己的信心；当我们对婚姻感到绝望时，我们就回忆从前的情人，来安慰——确切地说是加深——自己的痛苦。

但是，这恰恰证明，在人生舞台上，婚姻是一个多么重要的角色，给了我们多么复杂的感受，不该缺席。所以，在向大家介绍一个新角色之前，我首先要恢复它的位置，而让“回忆”靠边站。

那么，人生舞台上的角色有这么五位：爱情，婚姻，幸福，浪漫，生活。现在我想告诉大家的是，我发现，这五位角色其实都是一位真正的主角的面具，是这位真正的主角在借壳表演，它的名字就叫——“欲望”。

什么是爱情？爱情就是欲望罩上了一层温情脉脉的面纱。

什么是婚姻？婚姻就是欲望戴上了一副名叫忠诚的镣铐，立起了一座名叫贞洁的牌坊。

什么是幸福？幸福是欲望在变魔术，给你变出海市蜃楼，让你无比向往，走到跟前一看，什么也没有。

所谓浪漫，不过是欲望在玩情调罢了。

玩情调玩腻了，欲望说：让我们好好过日子吧。这就叫“生活”。

欲望在人生中起这么重大的作用，它是好还是坏呢？

许多哲学家认为欲望是一个坏东西，理由有二。一是说它虚幻。比如，叔本华说：欲望不满足就痛苦，满足就无聊，人生如同钟摆在痛苦和无聊之间摆动。萨特说：人是一堆无用的欲望。二是说它恶，是人间一切坏事的根源，导致犯罪和战争。

可是，生命无非就是欲望，否定了欲望，也就否定了生命。

怎么办？这里我们要请出人生中另外两位重要角色了，一位叫灵魂，另一位叫理性。灵魂是欲望的导师，它引导欲望升华，于是人类有了艺术、道德、宗教。理性是欲望的管家，它对欲望加以管理，于是人类有了法律、经济、政治。

你们看，人类的一切玩意儿，或者是欲望本身创造的，或者是为了对付欲望而创造的。说到底，欲望仍然是人生舞台上的主角。

欲望是一个爱惹事的家伙，可是，如果没有欲望惹事，人生就未免太寂寞了。

所以，最后我要说一句：谢谢“欲望”。

2010. 11

我们都是幸存者

2008 年中国的大事件不是奥运，而是地震。这是谁也没有料到的。5 月 12 日的特大地震一下子把国人投入举国的震惊和悲痛之中，也使得围绕奥运发生的一系列事件变得轻若鸿毛。

在大自然突降的巨灾面前，人类是多么无助，人的生命是多么脆弱。美丽富饶的四川盆地，善良知足的四川人，一刹那之间，祸从天降，天崩地裂，无数的生灵被吞噬。有多少个家庭，曾经和我的家庭一样，在天伦之乐中过着平凡的日子，突然就消失得无影无踪了。有多少个孩子，曾经和我的孩子一样，在无忧无虑中唱着黎明的歌曲，突然就沉落在永恒的黑夜里了。

最让我心痛的正是孩子，震区中不知还有没有未倒塌的校舍，孩子们整校整校地被掩埋，为什么牺牲最惨重的偏偏是“祖国的花朵”！相比之下，那些突然成了孤儿的孩子几乎算是幸运的了，虽然他们那天真又惊恐的眼神格外刺痛我的心，我的耳边始终响着一个从废墟中救出的一岁半孩子的声音，刚咿呀学语的她反复说着同一句话：“找爸爸！找妈妈！”

五天来，我天天关注着来自灾区的报道。在大悲悯、大勇敢的温家宝总理指挥下，营救一直在全力进行。然而，谁都明白，废墟下的一息尚存者只有一部分能被救出，也许只是一小部分。我觉得自己仿佛也在废墟下，由于营救的困难，或者干脆由于未被营救者发现，正在绝望地死去。现在所能统计的只有已经获救的人数和确见尸体的人数，而真正可怕的是这两者之间的数字，虽然生死不明，其实凶多吉少。

五天来，我写不出任何文字。此时此刻，一切文字的表达都是虚伪。我甚至觉得，我的生存也是莫大的奢侈。我唯一能够原谅自己的理由是，我也是一个幸存者。是的，我，你，每一个活着的人，我们都是幸存者。震中在四川汶川，不在我居住的地方，这不过是碰巧罢了。我生活在北京，而不是四川震区，这不过是碰巧罢了。我只是侥幸逃过了一劫而已。灾难完全可能落在我的头上，倘若那样，我也只好承受。大自然生我养我，一旦降灾于我，我必须承受，这原是生命的题中应有之义。斯多葛派的主张是对的：人只能顺应自然。如果死的是我，那就死吧，用不着说什么了。现在，既然仍侥幸地活着，就好好地活，不必为此感到负疚。况且对于任何活着的人来说，死是迟早的事，幸存只是暂时的。然而，正是在这暂时的幸存中，我们一边怀念死者，一边唱响了生命的凯歌。

我这样说，既是对我自己的解嘲，也是对这次震灾中那些真正的幸存者的劝慰。我当然知道，我们身受的苦难不可同日而语。但是，越是面对大苦难，就越要用大尺度来衡量人生的得失。在岁月的流转中，人生的一切祸福都是过眼烟云。在历史的长河中，灾难和重建乃是寻常经历。

造化播弄人类的命运，我们都是幸存者。用这个眼光看自己，我更真切地感到了一切受灾者都是我的亲人。用这个眼光看世事，我更清晰地洞察了一切人间纷争的狭隘和渺小。

2008.5

经济危机下的生命反思

我曾接到邀请，让我出席今年的博鳌论坛，就“经济危机下每个人如何生活”的主题发言。可是，我对这场经济危机实在看不明白，怎么能到这样隆重的会场上去瞎说一通呢？所以我推辞了。

这场经济危机来势凶猛，据说百年不遇，迅速席卷全球，闹得人心惶惶，迫使大国首脑们频繁开会，商讨对策。看来情况确实严重，绝非空穴来风。我看不明白的是，没有全球性自然灾害，没有世界大战，何以人类生活的场景说变就变了呢？

听到和读到一鳞半爪，好像全是银行惹的祸。次贷、坏账、不良资产、金融海啸，按我这个外行的理解，这些可怕的术语无非是表示，银行把账算错了，突然发现钱远远没有原来以为的那么多。银行的职责是管钱，管得这么糟，应该打屁股。但是，把这么大的权力交给银行，让大家都根据算错了的账瞎折腾，是不是更大的教训？

再说，既然发现钱没有那么多，那就少花些钱好了，有什么大不了的呢？是的，钱已经花出去了，事情只做了一半，如果没有后续的钱，项目就黄了，这当然是很大的损失。那么，岂不应该从根本上反省一下，许多项目是否本来就不该上，贪婪地扩张经济本身就不是人类正确的生存方式？我们诚然可以通过拉动内需来应对或预防市场冷清，但是，在人类文明和人生幸福的层次上，节制物质需要是否具有更重要的意义？

据我观察，受这场经济危机影响最大的是相反两极的阶层。一极是老板，尤其是上市公司的老板，经受了生意惨淡、资产缩水的烦恼。不过，他们衣食无虞，只是钱赚多赚少的问题，挺一挺就能渡过难关。另一极是没有稳定职业的人，尤其是农民工，遭受了失业的痛苦。农民工是最悲惨的，家乡不再有足以养育他们的土地，他们已经没有退路。他们的境况始终是对大规模城市化的质疑，只是现在更尖锐地显现出来了而已。

在这两极之间，多数城市居民的生活其实受经济危机的影响甚小，至少从我接触的范围来看是如此。人们照常上下班，照常去菜场买菜，照常过着从前的日子。风暴在金融、房地产等领域里回旋，未能撼动普通生活的基础。对于许多普通人来说，经济危机几乎是一个尚未证实的传说。不管高端经济人士把账算得怎样一团糟，一个明显的事实是，社会上基本生活资料的数量并没有减少，而这就意味着人们的基本生活可以不受影响。既然如此，经济危机就毫不可怕。

在我看来，这场经济危机反倒是提供了一个契机，促使我们反思人生和人类的某些根本问题。我一直认为，人生的幸福在于两大快乐。一是生命的快乐，例如健康、亲情、与自然的交融，这是生命本身的需要得到满足的快乐。另一是精神的快乐，包括智性、情感和信仰的快乐，这是人的高级属性得到满足的快乐。这两种快乐当然需要一定的物质条件，但所需十分有限。物质的贪欲是社会刺激出来的，不是生命本身带来的，其满足诚然也是一种快乐，但是，与生命的快乐比，它太浅，与精神的快乐比，它太低。我相信，一个人越是满足于过俭朴的物质生活，并善于从生命本身和精神世界中获取快乐，经济危机对他的影响就越小。原因很简单：这场经济危机只是打击了消费主义，不能伤及生命本身的享受，只是打击了物质主义，不能伤及精神的享受。

这个道理同样适用于人类。人类应该朝什么方向发展？用什么来衡量人类文明的水平？物质财富的制造和享用当然是一个方面，但是，正如马克思所指出的，真正的自由王国存在于物质生产领域的彼岸，那实际上就是精神的创造和享受。然而，长期以来，财富成了我们这个时代最光芒万丈的词汇，成了从政府到个人所追求的第一目标。在相当程度上，可以把这场经济危机视为泛滥于当代世界的物质主义和消费主义的一个恶果。它在物质主义和消费主义的大本营美国首先爆发，对于人类岂不是一个警示？

最后，我必须承认，我对这场经济危机仍然看不明白，我所说的只是一些基本的道理罢了。不管与这场经济危机联系起来是否恰当，这些道理本身是不会错的，而且确有必要在遭到忽视的今天予以重申。

2009.5

人类远比禽兽残酷

中央音乐学院作曲教授张丽达是我的老朋友，她震惊于遍布中国的活熊取胆的酷行，创作护生歌曲《小熊》，又成立以护生公益演出为志业的亲子合唱团“小熊团”，期望用音乐的感染力和人类的亲子情唤醒国人的良知。现在，“小熊团”扩大招生，她希望我把招生通告刊发在我的博客上，以期让更多愿意报名的人知悉。这是我义不容辞的责任，我肃然从命。

我还转载了两篇有关活熊取胆的报道，我自己读了以后，真正感到触目惊心，悲愤难言。请看这个场面——

一只小熊被用铁链紧紧捆绑，准备动手术了，也就是要开膛，在胆上挖一个取汁的洞了。小熊惊恐万状，跪下哀求，放声恸哭。这时，一只母熊硬是从铁笼里挣脱了出来，蹦到小熊跟前，先抱住它，亲吻它，用舌头舔去它的泪水，接着，突然用巨掌掐住它的脖子，直到它气绝。然后，母熊拽下自己身上的钢兜肚，钢管带着半个胆囊飞了出来，鲜血直流，它大叫一声，疯了似的朝墙壁撞去，要把自己撞死，墙壁轰然倒塌。

谁说动物没有感情、没有意志、没有尊严？这只母熊用杀子和自杀的悲壮之举向人类宣告，为了抗议和摆脱人类的暴行，动物也会履行这个高贵的原则：不自由，毋宁死！

孟子说："人之所以异于禽兽者几希"，其中包括恻隐之心，"无恻隐之心，非人也"，"近于禽兽"。我要说：人如果没有同情心，就远不如禽兽，比禽兽坏无数倍。猛兽的残暴仅限于本能，绝不会超出生存所需要的程度。人残酷起来却没有边，完全和生存无关，为了龌龊的利益，为了畸形的欲望，为了变态的心理，什么坏事都干得出来。只有在人类之中，才会产生千奇百怪的酷刑，产生法西斯和恐怖主义。

善待动物，至少不虐待动物，这不仅是对地球上其他生命的尊重，也是人类自身精神上、道德上纯洁化的需要。可以断定，一个虐待动物的民族，一定也不会尊重人的生命。人的生命感一旦麻木，心肠一旦变冷酷，同类岂在话下。当今中国社会，恶性凶杀案件，包括杀童案、杀亲案接连不断，伪劣食品、假药、矿难、野蛮执法事件层出不穷，人们难道看不出来，这一切与活取熊胆、活食猴脑等残害动物行为之间有着多么紧密的内在联系？

2010.8

你爱动物有几分

我们为什么要保护动物？保护到什么程度才合理？对此人们众说纷纭，提出了不同的理论根据。大致说来，根据越宏大、高级、形而上，保护的范围就越广阔，规则就越严格，反之亦然。但是，不论持何种立场，在理论上或实际操作上似乎都存在着难以克服的困难。

最高级别的根据无疑是宗教，尤其是佛教，主张众生平等，对一切生命怀悲悯之心。其极端者如弘一法师，在遗嘱中仔细叮嘱，如何用四只小碗盛满水隔离尸体，以防蚂蚁爬上来在火化时被烧死。在基督教中，也有史怀泽提倡敬畏一切生命。对生命的悲悯或敬畏是伟大的宗教感情，可以提升人的灵魂境界。然而，具体到不杀生，若推至绝对化，在操作上是完全不可能的，在理论上也是大成问题的。人类为了维持生存，一方面对危害自身的动物例如蚊子、跳蚤必须予以灭杀，另一方面又需要从某些动物身上获取营养。即使以素食为基本主张的佛教，在藏地也不得不有所变通，允许吃牛羊肉，否则无法抵御严寒的气候。所以，最低限度的实践上的人类中心主义是不可避免的，用大自然的眼光看，这何尝不是作为物种之一的人类的天赋权利。

其次级别的根据是生态理论，就我们的话题来说，主要涉及野生动物的保护。同为强调保护生态，又有很大的区别。一种是科学的眼光，出发点是人类的长远利益，因为生态破坏危及此种利益，所以要遏止。很显然，这是一种理智的人类中心主义立场。另一种则力图摆脱人类中心主义立场，主张动物也是自然界中独立的生命体，有其天赋权利，人类不可随意支配。这种观点把生态上升到了哲学的高度，可称作生态主义或动物权利主义。然而，这个原则如果要贯彻到底，就应该不但适用于野生动物，也适用于家养动物，于是会产生麻烦，甚至人类饲养动物的权利都成了问题，更不用说使用和食用了。

第三类根据是一种扩展了的人道主义，即把人道主义原则扩展到动物身上，对动物，尤其是有感知力的动物怀有同情心，予以善待。在主张或赞同保护动物的人里，多数人自觉不自觉地是从这个立场出发的。许多动物知苦乐、有感情，这是可以清楚地观察到的事实，其表现往往出人意料，令人惊奇和感动。因此，一个对同类真正有同情心的人，把同情心延伸到动物身上，实在是最自然的事情。同样，那些肆意虐待和残害动物的家伙，我们可以断定他们对同类也一定是冷酷的。如此看来，是否善待动物，所涉及的就不只是动物的命运，其结果也会体现在人身上，对道德发生重大影响。在这个意义上，保护动物就是保护人道，救赎动物就是人类的精神自救。但是，人对动物的同情心的界限应该划在哪里、善待动物应该到何种程度,依然是一个问题。最彻底的当然是不杀生,严格素食，与佛教和动物权利主义殊途同归。比较折中的则主张动物福利主义，认为应该给家养动物提供良好的生存环境，并在宰杀时尽量减少其痛苦。这种君子远庖厨式的仁慈往往被两方面讥为伪善。心肠最软的人说：既然仁慈，就别吃肉。心肠最硬的人说：既然吃肉，就别装仁慈。是啊，又要吃肉，又要仁慈，人在动物面前是多么无奈。

在做了以上这一番讨论之后，我发现自己找不到结论。不过，我好像找到那个令我们进退失据、左右为难的捣蛋鬼了，它就是人类中心主义。这个东西，如果能把它根除，人和动物就彻底平等了，但事实上办不到。可是，它又的确是动物保护的最大障碍。出路在哪里？也许只能是对它加以管束，把它控制在一个合理的限度内，不让它为所欲为。当然，什么限度是合理的，各派意见不一。这倒没有关系，在我看来，宗教、生态理论、扩展的人道主义的大方向其实是一致的，都在为约束人类欲望、改善动物境况做出贡献，这就够了。

最后谈一谈养宠物的现象。养宠物与爱动物是两码事，宠物迷未必是动物之友，大量遭遗弃的宠物便是明证。无论是为了满足情感需要，还是作为个人爱好，养宠物都无可非议，但也无可夸耀。然而，以何种心态和作风养宠物，却反映了人的素质。国人如今养宠物成风，而反映出的国民素质实在不高。有以养名贵宠物为身份象征的，有通过豪华养宠物扩张物欲的，除此之外，养宠物者不讲公德的情形比比皆是，我相信几乎每个小区的居民对此都已深恶痛疾。在我居住的小区，有几个养狗者在院子里遛狗时基本不拴绳，还故意让狗登上儿童滑梯，孩子们常受惊扰。你猜这些人怎么说？——咱养狗跟养孩子是一个样的，疼着呢！

2008.9

第三辑

价值观的力量

知道自己要什么

1. 知道自己要什么

一个人在世上生活，必须知道自己到底要什么。一是应该要什么，人生中什么是重要的、宝贵的、真正值得争取的。这就是正确的价值观。二是能够要什么，自己的兴趣和能力在什么地方，做什么事最适合于自己的性情和禀赋。这就是准确的自我认识。有了这两条，内心就会宁静，行动就会从容。相反，一个不知道自己到底要什么的人，必定永远焦躁和拧巴，他东抓一把，西抓一把，到头来仍不满意——怎么会满意呢，因为他根本不知道什么能让自己满意。

2. 不要朝人多的地方挤

一个人认清了他在这世界上要做的事情，并且在认真地做着这些事情，他就会获得一种内在的平静和充实。

在商场里，有的人总是朝人多的地方挤，去抢购大家都在买的东西，结果买了许多自己不需要的东西，还为没有买到另外许多自己不需要的东西而痛苦。那些不知道自己究竟想要什么的人，就生活在同样可悲的境况中。

3. 至少知道自己不要什么

在人生的旅途上，一个人应该知道自己到底要什么，什么是自己最想做也最能够做好的事情。也就是说，应该知道自己的志向和事业之所在。不过，在年轻的时候，我们对此往往是不清楚的，这是一个逐渐清晰起来的过程。我想强调的是，你可能暂时不知道自己到底要什么，但是，你至少必须知道自己不要什么。人世间充满诱惑，它们都在干扰你走向自己的目标，你必须懂得抵御和排除。事实上，一个人越是知道自己不要什么，他就越有把握找到自己真正要的东西。

4. 有所失必有所得

你到底要什么，一取决于你看重什么，二取决于你擅长什么。我和人打交道的能力比较弱，最怕搞人际关系，最怕去争什么。其实，我也不是那么清高，名利也是一种价值，有当然比没有好。关键是你更看重什么，如果为了名利让我失去我更看重的东西，那我就不会选择名利。我更看重读书写作，而我的社会活动能力比较弱，所以只好忽视外在功利，更注重内心，结果发现这样更好。

5. 不怕付出代价

我主张真性情，有人说：你成功了，当然可以这样，我们这样就会很惨。我心想：我也惨过的，但是，不怕付出代价，乃是真性情之必然，因为你别无选择。倘若患得患失，谈什么真性情？

我的选择常常是老天给我的禀性在说话，而不是权衡利弊的结果。

6. 长期目标和短期目标

在为人生制定目标时，有长期和短期之分。长期目标着眼于人生整体价值的实现，是根据自己志趣和禀赋确定的一个努力方向，是寄托了自己理想的某一类事业。短期目标则是根据实际情形确定要做的具体工作，它理应体现长期目标，是走向长期目标的一个步骤和环节。有时候，因为客观情势的限制，你可能不得已偏离了这个方向，但你不要忘记你的长期目标，你要积聚能量，随时准备回到自己的路上来。

价值观的力量

1. 价值观的力量

价值观的力量不可小看。说到底，人在世上活的就是一个价值观。对于个人来说，价值观决定了人生的境界。对于国家来说，价值观决定了文明的程度。人与人之间，国与国之间，利益的冲突只导致暂时的争斗，价值观的相悖才造成长久的鸿沟。

所以，在价值观的问题上，一个人必须认真思考，自己做主。

2. 价值观并不抽象

一个人拥有自己明确的、坚定的价值观，这是一个基本要求。当然，这需要阅历和思考，并且始终是一个动态的过程。然而，你终究会发现，价值观完全不是抽象的东西，当你从自己所追求和珍惜的价值中获得巨大的幸福感之时，你就知道你是对的，因而不会觉得坚持是难事。

3. 心态取决于价值观

人能否有好的心态，在很大程度上取决于价值观。一个价值观正确而且坚定的人，他知道人生中什么是重要的，什么是不重要的，对重要的看得准、抓得住，对不重要的看得开、放得下，大事有主见，小事能超脱，心态自然会好。相反，倘若价值观错误或动摇，大小事都纠结，心态怎么好得了。

4. 人可以支配价值观

价值观决定一个人的人生之路的走向。人可以支配自己的价值观，因而在相当程度上可以支配自己的人生之路的走向。在这个意义上，人是自由的。有了正确、清晰、坚定的价值观，不论世事多么复杂、道路多么曲折，你心里是踏实的。放弃对价值观的主动权，在价值观上随大流，是对你的人生最大的不负责任。

国家和民族同样如此，价值观决定了国家和民族的发展方向。价值观的博弈绝非小事，国家和民族的命运取决于何种价值观成为核心价值观。所谓核心价值观不是口号，一种价值观真正成为体制的灵魂和社会的共识，才可称作核心价值观。

5. 剥夺不了的自主权

不论社会环境怎样，个人在价值观上总能拥有相当的自主权。不管多么平庸的时代，都仍会有优秀的个体。不管多么专制的社会，都仍会有自由的灵魂。一个人体验人性之美和品尝做人幸福的权利，是任何力量也剥夺不了的。

6. 拥有自己的生活信念

人生中的大问题都是没有答案的。但是，一个人唯有思考这些大问题，才能真正拥有自己的生活信念和生活准则，从而对生活中的小问题做出正确的判断。

航海者根据天上的星座来辨别和确定航向，他永远不会知道那些星座的成分和构造，可是，如果他不知道它们的存在，就会迷失方向，不能解决具体的航行任务。

7. 怜悯名利之徒

只有你自己做了父母，品尝到了养育小生命的天伦之乐，你才会知道不做一回父母是多么大的损失。只有你走进了书籍的宝库，品尝到了与书中优秀灵魂交谈的快乐，你才会知道不读好书是多么大的损失。世上一切真正的好东西都是如此，你必须亲自去品尝，才会知道它们在人生中具有不可替代的价值。

看见那些永远在名利场上操心操劳的人，我常常心生怜悯，我对自己说:他们因为不知道世上还有好得多的东西,所以才会把金钱、权力、名声这些次要的东西看得至高无上。

平常心

1. 顺其自然

世上有一些东西，是你自己支配不了的，比如运气和机会、舆论和毁誉，那就不去管它们，顺其自然吧。

世上有一些东西，是你自己可以支配的，比如兴趣和志向、处世和做人，那就在这些方面好好地努力，至于努力的结果是什么，也顺其自然吧。

2. 追求最好，接受次好

我们不妨去追求最好——最好的生活、最好的职业、最好的婚姻、最好的友谊，等等。但是，能否得到最好，取决于许多因素，不是光靠努力就能成功的。因此，如果我们尽了力，结果得到的不是最好，而是次好、次次好，我们也应该坦然地接受。人生原本就是有缺憾的，在人生中需要妥协。不肯妥协，和自己过不去，其实是一种痴愚，是对人生的无知。

3. 中年以后的觉悟

人在年轻时会给自己规定许多目标、安排许多任务，入世是基本的倾向。中年以后，就应该多少有一点儿出世的心态了。所谓出世，并非纯然消极，而是与世间的事务和功利拉开一个距离，活得洒脱一些。

在青年时期，人有虚荣心和野心是很正常的。人过中年，就应该基本戒除功利心、贪心、野心，给善心、闲心、平常心让出地盘了，它们都源自一种看破红尘名利、回归生命本质的觉悟。如果没有这个觉悟会怎样呢？据说老年人容易变得冷漠、贪婪、自负，这也许就是答案吧。

一个人的实力未必表现为在名利山上攀登，真有实力的人还能支配自己的人生走向，适时地退出竞赛，省下时间来做自己喜欢做的事，享受生命的乐趣。

4. 警惕忙

在现代社会里生活，忙也许是常态。但是，常态之常，指的是经常，而非正常。倘若被常态禁锢，把经常误认作正常，心就会在忙中沉沦和迷失。警觉到常态未必正常，在忙中保持心的从容，这是一种觉悟，也是一种幸福。

对于忙，我始终有一种警惕。我确立了两个界限：第一要忙得愉快，只为自己真正喜欢的事忙；第二要忙得有分寸，做多么喜欢的事也不让自己忙昏了头。其实，正是做自己喜欢的事，更应该从容，心灵是清明而活泼的，才会把事情做好，也才能享受做事的快乐。

5. 哲人的态度

一个人有能力做神，却生而为人，他就成了哲人。

苏格拉底说："我知道我一无所知。"他心中有神的全知，所以知道人归根到底是无知的，别的人却把人的一知半解当成了全知。

心中有完美，同时又把不完美作为人的命运承受下来，这就是哲人。

争什么

1. 争什么

人世间的争夺，往往集中在物质财富的追求上。物质的东西，多一些自然好，少一些也没什么，能保证基本生存就行。对精神财富的追求，人与人之间不存在冲突，一个人的富有绝不会导致另一个人的贫困。

由此可见，人世间的东西，有一半是不值得争的，另一半是不需要争的。所以，争什么！

2. 看破那些太想要的东西

一样东西，如果你太想要，就会把它看得很大，甚至大到成了整个世界，占据了你的全部心思。一个人一心争利益，或者一心创事业的时候，都会出现这种情况。我的劝告是，最后无论你是否如愿以偿，都要及时从中跳出来，如实地看清它在整个世界中的真实位置，亦即它在无限时空中的微不足道。这样，你得到了不会忘乎所以，没有得到也不会痛不欲生。

3. 遭遇不义

那人对你做了一件不义的事，你为此痛苦了，这完全可以理解，但请适可而止。你想一想，世上有不义的人，这是你无法改变的，为你不能支配的别人的品德而痛苦是不理智的。你还想一想，不义的人一定会做不义的事，只是这一件不义的事碰巧落在你头上罢了。你这样想，就会超越个人恩怨的低水平，把你的遭遇当作借以认识人性和社会的材料，在与不义做斗争时你的心境也会光明磊落得多。

4. 站得正，跳得出

人生在世，既能站得正，又能跳得出，这是一种很高的境界。在一定意义上，跳得出是站得正的前提，唯有看轻沉浮荣枯，才能不计利害得失，堂堂正正做人。

如果说站得正是做人的道德，那么，跳得出就是人生的智慧。人为什么会堕落？往往是因为陷在尘世一个狭窄的角落里，心不明，眼不亮，不能抵挡近在眼前的诱惑。佛教说“无明”是罪恶的根源，基督教说堕落的人生活在黑暗中，说的都是这个道理。相反，一个人倘若经常跳出来看一看人生的全景，真正看清事物的大小和价值的主次，就不太会被那些渺小的事物和次要的价值绊倒了。

5. 进取和超脱

中国文人的怀抱，总是在出处之间彷徨。通常的情况是，以功名为正道，仕途失意，才把归隐当作了不得已的退路。

人生的态度，宜在进取和超脱之间寻求一种平衡。然而，功名太平庸，不是真进取；归隐太无奈，不是真超脱。真正的进取和超脱，不会只在出处的低水平上折腾。

不和时间赛跑

1. 不和时间赛跑

一眨眼又一年过去了，真是太快了。年复一年，岁月飞逝，人不由得会产生分秒必争的紧迫心情。然而，我的原则是不和时间赛跑。和时间赛跑，第一跑不赢，第二跑赢了也无意义。我想得很开，在上帝眼中，亦即在永恒的时空中，我做事情做多做少都一样。那么，管它时间走得多么快，我就慢慢地走，按照自己觉得舒服的节奏走，享受每一个当下，欣赏沿途的风景。我不理睬时间，就当它不存在，静心做事情，安心过日子。我不向时间争分夺秒，不让我的人生成为争分夺秒的战场，这反而使得我的每一个当下都完好无损。

2. 从容中有一种神性

从容中有一种神性。在从容的心境中，我们得以领悟上帝的作品，并以之为榜样来创作人类的作品。没有从容的心境，我们的一切忙碌就只是劳作，不复有创造；一切知识的追求就只是学术，不复有智慧；一切成绩就只是功利，不复有心灵的满足；甚至一切宗教活动也只成了世俗的事务，不复有真正的信仰。没有从容的心境，无论建立起多么辉煌的物质文明，我们过的仍是野蛮的生活。

3. 不同的活在当下

命运变幻，我们甚至不能预测明天发生什么，于是只好说活在当下。然而，有不同的活在当下。其一，得过且过，做一天和尚撞一天钟，消极地顺从命运。其二，及时行乐，今朝有酒今朝醉。其三，分秒必争，恨不得一天完成一生的计划。后二者虽境界似有高低，但都是力求当下效益的最大化，紧张地抗拒命运。

真正的活在当下，是每个当下都走在选定的人生正道上，无论明天发生什么，这一点不会改变，因此心里很踏实。既然最宝贵的东西是命运夺不走的，也就以此超越了命运的变幻。

4. 从躁乱到从容

人年轻时不容易从容，因为什么都想要，却又不知道真正想要的是什么，于是内心焦躁，行动忙乱。从躁乱到从容有一个过程，在其中起作用的诚然有阅历的增长，但仅此还不够。有的人阅历倒是增长了，经历了一些挫折，明白不可能什么都要，却仍然不知道自己该要和能要的是什么，结果不是变得从容，而是变得沮丧和消极。

5. 观赏自己的年龄风景

人生不同的年龄阶段，会有不同的风景。年幼的时候，我们沉浸在风景里，和风景是一体，自己还不会观赏，观赏者是父母和他人。长大以后，我们或多或少会观赏自己的年龄风景了，看自己青春的浪漫和寂寞，看自己壮年的成熟和努力。然后，老年来临了，好吧，让我们站在躯壳之外，笑看自己满头华发、满脸皱纹，脚步蹒跚，心情平和，恬然观赏自己人生的最后一道风景。

6. 状态比目标重要

我突然想明白了一个道理：人生真正重要的不是目标，而是状态，只要状态是好的，就不必在目标问题上追根究底了，或者就可以说目标是对的。目标的价值不在理论上，而在实践上，就是为了让你的人生有一个好的状态。

不较劲的智慧

1. 分清自己能否支配

人生智慧的一个重要方面，是分清什么是自己能够支配的、什么是自己不能支配的。对于自己不能支配的，你只能顺其自然。对于自己能够支配的，你要努力，至于努力的结果是什么，也不妨顺其自然。

2. 不较劲的智慧

人生许多痛苦的原因在于盲目地较劲。所以，你要具备不较劲的智慧，这包括三个方面。

第一，不和自己较劲，对自己要随性。你要认清自己的禀赋和性情，在人世间找到最适合自己的位置，不和别人攀比。

第二，不和他人较劲，对他人要随缘。你要明白人与人之间有没有缘和缘的深浅是基本确定了的，在每个具体情境中做到大致心中有数，不对任何人强求。

第三，不和老天较劲，对老天要随命。你要记住人无法支配自己的命运，但可支配自己对命运的态度，平静地承受落在自己头上的必不可免的遭遇。

3. 和外部遭遇拉开距离

一个人活在世界上，必须学会和自己的外部遭遇拉开距离。这有两层意思。

其一，面对你的外部遭遇，你要保持内心的自主。人往往容易受既有的遭遇支配，被已经发生的情况拖着走，走向自己并不想去的地方。其实,既有的遭遇未必就决定了未来的走向,在多数情况下,人仍然是有选择的自由的，你一定不要放弃这个自由，而你的未来走向在很大程度上就取决于你能否用好这个自由。

其二，面对你的外部遭遇，你要保持内心的宁静。如果既有的遭遇足够严重，已经发生的情况对你的打击足够大，到了彻底改变你的未来走向的地步，那就坦然地接受吧。这个时候必须有超脱的眼光，人终有一死，一切祸福得失都是过眼烟云，不必太在乎。

总之，如果可能，就做命运的主人，不向它屈服；如果不可能，就做命运的朋友，不和它较劲。

4. 不要死在一件小事上

如果你把全部注意力放在一件事上，那件事多么小也会被无限放大，仿佛是天大的事。那么，掉转你的视线吧，去看人间的百态、历史的变迁、宇宙的广袤，再回头看那件事，你就会发现它多么微不足道了。让你的心灵活在一个广阔的世界上，你就不会死在一件小事上了。可悲的是，死在一件小事上的人何其多也。

5. 思虑伤身，多思健体

思虑伤身，为日常生活中的小事、琐事而忧虑、烦恼、痛苦，这种情况因为频繁发生而日积月累，事实上最容易致病。相反，有思考习惯和能力的人，能够以理智的态度和宽阔的胸怀面对人世间的事情，不但不会伤身，反而可以健体。那些想大问题的人，哪怕想的是苦难和死亡，比如苏格拉底和佛陀，身体都好得很。

6. 警惕小事

人面临大事往往会诉诸理性，因此比较冷静；相反，却很容易被小事刺激得怒火中烧，怨气郁结。

结论是：警惕小事，面对小事你要控制住自己的情绪。

7. 不做倒霉蛋

自怨是最痛苦的。有直接的自怨，因为自知做错了事，违背了自己的心愿或原则，便生自己的气，甚至看不起自己。也有间接的自怨，怨天尤人归根结底也是自怨，怨自己无能或运气不好。不错，你碰上了倒霉事，可是你就因此成为一个倒霉蛋了吗？如果你怨气冲天，那你的确是的。但你还可以有另一种态度，就是平静地面对。是否碰上倒霉事，这是你支配不了的；做不做倒霉蛋，这是你可以支配的。一个自爱自尊的人是不会怨天尤人的，没有人能够真正伤害他的自足的心。

珍惜和放下

1. 珍惜和放下

人在世间的一切遭遇都是因缘。因缘，就是若干偶然的因素凑到了一起，使你遇上了这个人、这件事。你遇上了某个异性，结亲成家，生儿育女，这也是因缘。倘若琴瑟和谐，儿女姣好，那就是好因缘。好因缘不易得，你当珍惜。但是，是因缘就有变数，你心里同时要能够放下。对一切好因缘都应如此，遇上了，第一要珍惜，第二要能够放下，珍惜是因为它好，放下是因为它只是因缘。

2. 析缘

佛教讲缘，缘是一个微妙的概念。从哲学上分析，缘是偶然性与因果性的统一。它是偶然性，一切相遇，包括亲密的相遇，比如友谊、爱情、婚姻，乃至这一个新生命投胎到了你的家里，都是凭借许多偶然因素的凑合。它又是因果性，冥冥之中，每个相遇都有着我们无法探知其究竟的前因后果，而因果有深浅的不同，因此缘也有深浅的不同。这就可以解释，即使结成了友谊、爱情、婚姻、亲子的亲密关系，心灵契合的程度何以仍会有巨大的差异。我倾向于相信，人与人之间灵魂亲缘关系的有无和深浅也许是前定的。

3. 你的缘不在这里

苦苦的无望的单恋，伤心的绝望的失恋，诸如此类，你坚守在这里，如同一个牺牲坚守在祭台上。不，我要告诉你，你的缘不在这里，不要死心眼，天地广阔，你去别处寻找你的缘吧。

4. 多情和无情

我是多情的，入世很深，顾家，爱妻子和孩子，珍惜友情，渴望自己也被爱，有时陶醉，有时委屈，心在情中颠簸。我也是无情的，随时有出世的心情，和眼前的一切拉开距离，把人间情感视为身外之物，知道自己是虚无中的一个孤独的存在。

我的多情和无情并不打架。因为多情，我的无情包含了忧伤，因为无情，我的多情学会了宽容。

平凡生活

1. 简单的幸福

生命所需要的，无非空气、阳光、健康、营养、繁衍，千古如斯，古老而平凡。但是，骄傲的人啊，抛开你的虚荣心和野心吧，你就会知道，这些最简单的享受才是最醇美的。

人世间真实的幸福原是极简单的。人们轻慢和拒绝神的礼物，偏要到别处去寻找幸福，结果生活越来越复杂，也越来越不幸。

2. 正常的生活

一个人活在世界上，一定要有相爱的伴侣、和睦的家庭、知心的朋友，一定要和自己的家人一起吃晚饭，餐桌上一定要有欢声笑语，这比有钱、有车、有房重要得多。钱再多、车再名贵、房再豪华，没有这些，就只是一个悲惨的孤魂野鬼。相反，穷一点儿，但有这些，就是在过一个活人的正常生活。

3. 从整体上衡量生命的健康

生命是否健康，要看整体的状态。一个盲人，他虽然看不见缤纷的色彩，但能用其余更敏锐的感官欣赏鸟儿的啁啾、花儿的芳香、微风的吹拂，他有和睦的家庭、踏实的工作、宁静的心境，他的生命在整体上就是健康的。相反，一个感官健全的人，倘若他总是在名利场折腾，在娱乐场鬼混，不再有时间和心情享受自然赐予的快乐，他的生命在整体上就是病态的。

4. 存在的核心

生命是人的存在的基础和核心。个人建功创业，致富猎名，倘若结果不能让自己安身立命，究竟有何价值？人类齐家治国，争霸称雄，倘若结果不能让百姓安居乐业，究竟有何价值？

如果人人——或者多数人——都能保持生命的单纯，彼此也以单纯的生命相待，这会是一个多么美好的社会。

5. 堆积物

在事物上有太多理性的堆积物：语词、概念、意见、评价，等等。在生命上也有太多社会的堆积物：财富、权力、地位、名声，等等。天长日久，堆积物取代本体，组成了一个牢不可破的虚假的世界。

6. 现代人的生活有两个弊病

从生命的观点看，现代人的生活有两个弊病。一方面，文明为我们创造了越来越优裕的物质条件，远超出维持生命之所需，那超出的部分固然提供了享受，但同时也使我们的生活方式变得复杂，离生命在自然界的本来状态越来越远。另一方面，优裕的物质条件也使我们容易沉湎于安逸，丧失面对巨大危险的勇气和坚强，在精神上变得平庸。我们的生命远离两个方向上的极限状态，向下没有承受匮乏的忍耐力，向上没有挑战危险的爆发力，躲在舒适安全的中间地带，其感觉日趋麻木。

当好自然之子

1. 客串“隐士”

人是自然之子。但是，城市里的人很难想起自己这个根本的来历。这毫不奇怪，既然所处的环境和所做的事情都离自然甚远。唯有置身在大自然之中，自然之子的心情才会油然而生。那么，到自然中去吧，面对山林和大海，你会越来越感到留在城市里的那一点儿名利多么渺小。当然，前提是你把心也带去。最好一个人去，带家眷亦可，但不要呼朋唤友，也不要开手机。对于现代人来说，经常客串一下“隐士”是聊胜于无的精神净化的方式。

2. 遵循自然的节奏

春华秋实，万物都遵循自然的节奏，我们的祖先也是如此。但是，现代人却相反，总是急急忙忙怕耽误了什么，总是遗憾有许多事情来不及做。

其实，即使你从事的是精神的创造，尤其你从事的是精神的创造，何妨也悠然而行，让精神的果实依照自然的节奏成熟。事实上，一切伟大作品的诞生，都一定有这样一个孕育的过程。做一个心满意足的好孕妇，是精神创造者的最佳状态。

3. 当好自然之子是当好万物之灵的前提

动物服从于自然，它对物质条件的需求，它与别的生命的竞争，都在自然需要的限度之内。人却不同，只有在人类之中，才有超出自然需要的贪婪和残酷。

如果说这是因为上天给了人超出动物的特殊能力，那这个特殊能力岂不用错了地方？上天把人造就为万物之灵，岂不反而成了对人的惩罚？

事情本不应如此。上天给人的特殊能力，人本应主要用在精神领域，而在物质领域则满足于自然需要。倘若这样，人世间不知会减去多少纷争和罪恶。

由此可见，人的两个身份是密切相关的：当好自然之子是当好万物之灵的前提，生命越单纯，精神就越可能优秀。

4. 理性的坏作用

人因为有理性而高于动物，但理性也有坏作用。动物知道自己需要什么，知道自己需要的程度和数量，人却未必。人会在自己生命需要的问题上变得复杂而无知，被想象出来的虚假需要所支配。这是其一。

还有其二。动物的凶猛仅限于本能，只是为了生存，人残暴起来可不得了，会做出对于生存毫无必要的坏事，以酷行本身为乐。

自然界里找不出一种动物，会像人这样虐待和屠杀自己的同类。常有人说，人堕落了会沦为禽兽，我说这是对动物的诬蔑，事实是人堕落起来比禽兽坏无数倍。

人因为有理性而有语言、有想象力、有人际关系。人的这个特性对于生命和灵魂两者都可能成为干扰，使生命复杂，使灵魂沉沦。所以，应该约束理性的作用，让它少干扰生命和灵魂。作为生命，人要好好做动物，遵循自然之道；作为灵魂，人要好好做人，听从神的旨意。

5. 扰乱本性的两个东西

我们的本性最经常地被两个东西扰乱和扭曲，一是利益的争夺，二是流行的观念。庄子对此早有警示，称前者为“丧己于物”，称后者为“失性于俗”。

6. 人与大地

人，栖居在大地上，来自泥土，也归于泥土，大地是人的永恒家园。如果有一种装置把人与大地隔绝开来，切断了人的来路和归宿，那这样的装置无论多么奢华，算是什么家园呢？

人，栖居在天空下，仰望苍穹，因惊奇而探究宇宙之奥秘，因敬畏而感悟造物之伟大，于是有科学和信仰，此人所以为万物之灵。如果高楼蔽天、俗务缠身，人不再仰望苍穹，这样的人无论多么有钱，算是什么万物之灵呢？

7. 人的作品和上帝的作品

创造城市,在大地上演绎五彩缤纷的人间故事,证明了人的聪明。可是，倘若人用自己的作品把自己与上帝的作品隔离开来，那就是愚昧。倘若人用自己的作品排挤和毁坏掉上帝的作品，那就是亵渎。

8. 对生命的神圣感

探险家帕克在荒漠里看见一朵蓝色的小花，立即跪了下来，感动地说:“天父来过这里。”

在一个没有生命迹象的地方突然发现生命，人对生命的感动最为强烈，而且很容易上升为一种神圣感。

逆境也是生活

1. 基本的智慧

人在世上生活，难免会遭遇挫折、失败、灾祸、苦难。这时候，基本的智慧是确立这样一种态度，就是把一切非自己所能改变的遭遇，不论多么悲惨，都当作命运接受下来，在此前提下走出一条最积极的路来。不要去想从前的好日子，那已经不属于你，你现在的使命是在新的规定性下把日子过好。这就好比命运之手搅了你的棋局，而你仍必须把残局走下去，那就好好走吧，把它走出新的条理来。为什么我说是基本的智慧呢？因为你别无选择，陷在负面遭遇中不能自拔是最愚蠢的，而人在这种时候往往容易愚蠢。

2. 逆境也是生活

人生有顺境，也有逆境。我们往往只把顺境看作生活，认为逆境不是生活，而是不得不忍受的例外，盼望它快快过去，生活可以重新开始。怀着这样的心态，人在逆境中就必定是焦虑不安，度日如年，苦难望不到头。应该调整心态，在逆境中要这样想：这就是我现在的生活，甚至是我永远的生活，我怎么把它过得有意义？事实上，如果你的心态平静而又积极，逆境的确也是一种生活。

3. 用大尺度做对比

身陷任何一种绝境，只要还活着，就必须把绝境也当作一种生活，接受它的一切痛苦，也不拒绝它仍然可能有的任何微小的快乐。

身处绝境之中，最忌讳的是把绝境与正常生活进行对比，认为它不是生活，这样会一天也忍受不下去。如果要做对比，干脆放大尺度，把自己的苦难放到宇宙的天平上去秤一秤。面对宇宙，一个生命连同它的痛苦皆微不足道，可以忽略不计。

4. 接过来，然后放下

人活世上，难免遭遇痛苦，大至亲人亡故、爱侣别离，小至钱财损失、朋友反目。这类事一旦发生，不可更改，就应该用通达的态度来面对，简单地说，就是把它接过来，然后放下。第一，要接过来，在心理上承认和接受事实。坏事已经发生，你拼命抗拒，只是和自己过不去，事情本身不会有丝毫改变。第二，接过来之后，要尽快放下，不把它存在心上。你总存在心上，为它纠结和痛苦，仍然是和自己过不去，实际上是在加大坏事对你的损害。让坏事只存在于你的身外，不让它侵害到你的内心，这是最好的办法。当然，我们只能尽量这么做，做到什么程度是什么程度。

5. 宏观的超脱

人生中有的遭遇是没有安慰也没有补偿的，只能全盘接受。我为接受找到的唯一理由是，人生在总体上就是悲剧，因此就不必追究细节的悲惨了。塞涅卡在相似意义上说："何必为部分生活而哭泣？君不见全部人生都催人泪下。"

人生最无法超脱的悲苦正是在细部，哲学并不能使正在流血的伤口止痛，对于这痛，除了忍受，我们别无办法。但是，我相信，哲学、宗教所启示给人的那种宏观的超脱仍有一种作用，就是帮助我们把自己从这痛中分离出来，不让这痛把我们完全毁掉。

第四辑

内在的觉醒

内在生命的伟大

一

小时候，也许我也曾经像那些顽童一样，尾随一个盲人、一个瘸子、一个驼背、一个聋哑人，在他们的背后指指戳戳，嘲笑，起哄，甚至朝他们身上扔石子。如果我那样做过，现在我忏悔，请求他们的原谅。

即使我不曾那样做过，现在我仍要忏悔。因为在很长的时间里，我多么无知，竟然以为残疾人和我是完全不同的种类，在他们面前，我常常怀有一种愚蠢的优越感，一种居高临下的怜悯。

现在，我当然知道，无论是先天的残疾，还是后天的残疾，这厄运没有落到我的头上，只是侥幸罢了。遗传、胚胎期的小小意外、人生任何年龄都可能突发的病变、车祸、地震、不可预测的飞来横祸，种种造成了残疾的似乎偶然的灾难原是必然会发生的，无人能保证自己一定不被选中。

被选中诚然是不幸，但是，暂时——或者，直到生命终结，那其实也是暂时——未被选中，又有什么可优越的？那个病灶长在他的眼睛里，不是长在我的眼睛里，他失明了，我仍能看见。那场地震发生在他的城市，不是发生在我的城市，他失去了双腿，我仍四肢齐全……我要为此感到骄傲吗？我多么浅薄啊！

上帝掷骰子，我们都是芸芸众生，都同样地无助。阅历和思考使我懂得了谦卑，懂得了天下一切残疾人都是我的兄弟姐妹。在造化的恶作剧中，他们是我的替身，他们就是我，他们在替我受苦，他们受苦就是我受苦。

二

我继续问自己：现在我不瞎不聋，肢体完整，就证明我不是残疾的了吗？我双眼深度近视，摘了眼镜寸步难行，不敢独自上街。在运动场上，我跑不快、跳不高，看着那些矫健的身姿，心中只能羡慕。置身于一帮能歌善舞的朋友中，我为我的身体的笨拙和歌喉的喑哑而自卑。在所有这些时候，我岂不都觉得自己是一个残疾人吗？

事实上，残疾与健全的界限是十分相对的。从出生那一天起，我们每一个人的身体就已经注定要走向衰老，会不断地受到损坏。由于环境的限制和生活方式的片面，我们的许多身体机能没有得到开发，其中有一些很可能已经萎缩。严格地说，世上没有绝对健全的人。有形的残缺仅是残疾的一种，在一定的意义上，人人皆患着无形的残疾，只是许多人对此已经适应和麻木了而已。

人的肉体是一架机器，如同别的机器一样，它会发生故障，会磨损、折旧并且终于报废。人的肉体是一团物质，如同别的物质一样，它由元素聚合而成，最后必定会因元素的分离而解体。人的肉体实在太脆弱了，它经受不住钢铁、石块、风暴、海啸的打击，火焰会把它烤焦，严寒会把它冻伤，看不见的小小的病菌和病毒也会置它于死地。

不错，我们有千奇百怪的养生秘方，有越来越先进的医疗技术，有超级补品、冬虫夏草、健身房、整容术，这一切都是用来维护肉体的。可是，纵然有这一切，我们仍无法防备种种会损毁肉体的突发灾难，仍不能逃避肉体的必然衰老和死亡。

我不得不承认，如果人的生命仅是肉体，则生命本身就有着根本的缺陷，它注定会在岁月的风雨中逐渐地或突然地缺损，使它的主人成为明显或不明显的残疾人。那么，生命抵御和战胜残疾的希望究竟何在？

三

此刻我的眼前出现了一系列高贵的残疾人形象。在西方，从盲诗人荷马，到双耳失聪的大音乐家贝多芬、双目失明的大作家博尔赫斯、全身瘫痪的大科学家霍金，当然，还有又瞎又聋的永恒的少女海伦·凯勒；在中国，从受了腐刑的司马迁、受了膑刑的孙膑，到瞎子阿炳，以及今天仍然坐着轮椅在文字之境中自由驰骋的史铁生。他们的肉体诚然缺损了，但他们的生命因此也缺损了吗？当然不，与许多肉体没有缺损的人相比，他们拥有的是多么完整而健康的生命。

由此可见，生命与肉体显然不是一回事，生命的质量肯定不能用肉体的状况来评判。肉体只是一个躯壳，是生命的载体，它的确是脆弱的，很容易破损。但是，寄寓在这个躯壳之中，又超越于这个躯壳，我们更有一个不易破损的内在生命，这个内在生命的通俗名称叫作精神或者灵魂。就其本性来说，灵魂是一个单纯的整体，而不像肉体那样由许多局部的器官组成。外部的机械力量能够让人的肢体断裂，但不能切割下哪怕一小块人的灵魂。自然界的病菌能够损坏人的器官，但没有任何路径可以侵蚀人的灵魂。总之，一切能够致残肉体的因素，都不能致残我们的内在生命。正因为此，一个人无论躯体怎样残缺，仍可使自己的内在生命保持完好无损。

原来，上帝只在一个不太重要的领域里掷骰子，在现象世界拨弄芸芸众生的命运。在本体世界，上帝是公平的，人人都被赋予了一个不可分割的灵魂，一个永远不会残缺的内在生命。同样，在现象世界，我们的肉体受千百种外部因素的支配，我们自己做不了主人；可是，在本体世界，我们是自己内在生命的主人，不管外在遭遇如何，都能够以尊严的方式活着。

四

诗人里尔克常常歌咏盲人。在他的笔下，盲人能穿越纯粹的空间，能听见从头发上流过的时间和在脆玻璃上玎玲作响的寂静。在热闹的世界上，盲人是安静的，而他的感觉是敏锐的，能以小小的波动把世界捉住。最后，面对死亡，盲人有权宣告："那把眼睛如花朵般摘下的死亡，将无法企及我的双眸……"

是的，我也相信，盲人失去的只是肉体的眼睛，心灵的眼睛一定更加明亮，能看见我们看不见的事物，生活在一个更本质的世界里。

感官是通往这个世界的门户，同时也是一种遮蔽，会使人看不见那个更高的世界。貌似健全的躯体往往充满虚假的自信，踌躇满志地要在外部世界里闯荡，寻求欲望和野心的最大满足。相反，身体的残疾虽然是限制，同时也是一种敞开。看不见有形的事物了，却可能因此看见了无形的事物。不能在人的国度里行走了，却可能因此行走在神的国度里。残疾提供了一个机会，使人比较容易觉悟到外在生命的不可靠，从而更加关注内在生命，致力于灵魂的锻炼和精神的创造。

在这个意义上，不妨说，残疾人更受神的眷顾，离神更近。

五

上述思考为我确立了认识残奥会的一个角度、一种立场。

残疾人为何要举办体育运动会？为何要撑着拐杖赛跑、坐着轮椅打球？是为了证明他们残缺的躯体仍有力量和技能吗？是为了争到名次和荣誉吗？从现象看，是；从本质看，不是。

其实，与健康人的奥运会比，残奥会更加鲜明地表达了体育的精神意义。人们观看残奥会，不会像观看奥运会那样重视比赛的输赢。人们看重的是什么？残奥会究竟证明了什么？

我的回答是：证明了残疾人仍然拥有完整的内在生命，在生命本质的意义上，残疾人并不残疾。

残奥会证明了人的内在生命的伟大。

2008.7

人生的三个觉醒

人在世上生活，必须做选择和决定，也会遭遇疑惑、困难、挫折，皆需要力量的支持。在一切力量中，最不可缺少一种内在的力量，就是觉醒。觉醒是人人可以开发和拥有的力量，也是人生最根本和最重要的力量。那些外在的力量，例如来自社会和朋友的帮助，若没有内在力量的配合，最多只能发生暂时的表面的作用。那些外在的力量，例如你已经获得的权力、金钱、名声、地位，也许可以使你活得风光，但唯有内在的力量才能使你活得有意义。

那么，让什么东西觉醒呢？当然是你身上那些最本质的东西，它们很可能沉睡着，所以要觉醒。我认为，人身上有三个最本质的东西。首先，你是一个生命，你因此才会在这个世界上生活，才会有你的种种人生经历。第二，你不但是一个生命，而且是一个独特的生命个体，并且能够明确地意识到这一点，也就是说，你是一个自我。第三，和宇宙万物不同，人是精神性的存在，你还是一个灵魂。这三者概括了你之为你的本质。因此，人生有三个基本的觉醒：生命的觉醒，自我的觉醒，灵魂的觉醒。

一、生命的觉醒

每个人来到这个世界上，首先是一个生命，也终归是一个生命。这是一个多么简单的道理，却很容易被我们忘记。我们在社会上生活，为获取财富、权力、地位、名声等等而奋斗，久而久之，往往把这些东西看得比生命更重要了，甚至当成了人生主要的乃至唯一的目标，为之耗尽了全部精力。

生命原本是单纯的，财富、权力、地位、名声等等是后来添加到生命上去的社会堆积物。既然在社会上生活，有这些堆积物就不可避免，也无可非议，但我们要警惕，不可本末倒置。生命的觉醒，就是要透过这些社会堆积物去发现你的自然的生命，牢记你是一个生命，对你的生命保持一种敏感，经常去倾听它的声音，时时去满足它的需要。

生命的需要由自然规定，包括与自然和谐相处、健康、安全等，也包括爱情、亲情、家庭等自然情感的满足。这些需要平凡而永恒，但它们的满足是人生最甘美的享受之一，带给人的是生命本身的单纯的快乐。你诚然可以去追求其他种种复杂的快乐，可是，倘若这种追求损害了这些单纯的快乐，其价值便是可疑的。

二、自我的觉醒

你不但是一个生命，而且是一个独特的生命个体，一个自我。首先，这个自我是独一无二的，世上只有一个你。其次，这个自我是不可重复的，你只有一个人生。因此，对你的人生负责，实现你之为你的价值，是你的根本责任。自我的觉醒，就是要负起这个根本责任，做你自己人生的主人，真正成为你自己。

成为你自己，这可不是容易的事。人们往往受环境、舆论、习俗、职业、身份支配，作为他人眼中的一个角色活着，很少作为自己活着。为什么会这样？一是因为懒惰，随大溜是最省力的，独特却必须付出艰苦的努力。二是因为怯懦，随大溜是最安全的，独特却会遭受舆论的压力、庸人的妒恨和失败的风险。可是，如果你想到，世上只有一个你，你死了，没有任何人能代替你活；你只有一个人生，如果虚度了，没有任何人能够真正安慰你——那么，你还有必要在乎他人的眼光吗？

一个人怎样才算成为自己，做了自己人生的主人呢？我认为有两个可靠的标志。一是在人生的态度上自己做主，有明确坚定的价值观，有自己处世做人的原则，在俗世中不随波逐流。二是在事业的选择上自己做主，有自己真正喜欢做的事，能够全身心地投入其中，感到内在的愉快和充实。人生中有真信念，事业上有真兴趣，这二者证明了你有一个真自我。

三、灵魂的觉醒

世间一切生命中，唯有人有自我意识，能够知道自己作为生命个体的独特性和一次性，知道自己是一个“我”。但是，无论你多么看重这个“我”，它终有一死，在人世间的存在是有限而短暂的。这就产生了一个问题：人生究竟有没有更高的具有恒久价值的意义，此种意义会不会因为这个“我”的死亡而丢失？其实答案已经隐藏在问题之中了，我们即使从逻辑上也可推断：要找到这种意义，唯有超越小我，把它和某种意义上的大我相沟通。那么，透过肉身自我去发现你身上的更高的自我，那个和大我相沟通的精神性自我，认清它才是你的本质，这便是灵魂的觉醒。

灵魂的觉醒有两个途径，一是信仰，二是智慧。

灵魂是基督教用语，用来指称人的精神性自我。汉语中“灵魂”这个词很有意思，可以拆分为“灵”和“魂”。和别的生命不同，人有自我意识，也就是有一个“魂”。在基督教看来，这个“魂”应该有一个神圣的来源，就是上帝。《圣经》里说，上帝是按照自己的形象造人的。其实上帝是没有形象的，完全是“灵”。所以，“魂”是从“灵”来的。可是，在进入肉体之后，“魂”忘记了自己的来源，因此必须和“灵”重建联系，这就是信仰。通过信仰，“灵”把“魂”照亮，人才真正有了“灵魂”。

哲学（包括佛教）不讲灵魂，讲智慧。汉语中“智慧”这个词也很有意思，可以拆分为“智”和“慧”。和别的生命不同，人有认识能力，就是“智”，因此能够把自己认作“我”，与作为“物”（包括他人）的周围世界区别开来。但是，“智”的运用应该上升到一个更高的认识，就是超越物我的区别，用佛教的话说是“离分别相”，用庄子的话说是“万物与我为一”。这种与宇宙生命本体合一的境界，就是“慧”。“智”上升到“慧”，人才真正有了“智慧”。

在我看来，信仰和智慧是在用不同的方式说同一件事，二者殊途而同归，就是要摆脱肉身的限制，超越小我，让我们身上的那个精神性自我觉醒。人人身上都有这样一个更高的自我，它和宇宙大我的关系也许不可证明，但让它觉醒对于现实人生却是意义重大。第一，人生的重心会向内转化，从外部世界转向内心世界，重视精神生活。你仍然可以在社会上做大事，但境界不同了，你会把做事当作灵魂修炼的手段，通过做事而做人，每一步都走在通往你的精神目标的道路上。第二，你会和你的身外遭遇保持距离，具有超脱的心态，在精神上尽量不受无常的人间祸福得失的支配。在相反的情况下，精神性自我不觉醒，人第一会沉湎在肉身生活中，境界低俗；第二会受这个肉身遭遇的支配，苦海无边。人生在世，必须有一个超越的立足点，这个立足点正是信仰和智慧给你的。

2014. 12

人生边上的智慧

——读杨绛《走到人生边上》

杨绛九十六岁开始讨论哲学，她只和自己讨论，她的讨论与学术无关，甚至与她暂时栖身的这个热闹世界也无关。她讨论的是人生最根本的问题，同时是她自己面临的最紧迫的问题。她是在为一件最重大的事情做准备。走到人生边上，她要想明白留在身后的是什么，前面等着她的又是什么。她的心态和文字依然平和，平和中却有一种令人钦佩的勇敢和敏锐。她如此诚实，以至于经常得不出确定的结论，却得到了可靠的真理。这位可敬可爱的老人，我分明看见她在细心地为她的灵魂清点行囊，为了让这颗灵魂带着全部最宝贵的收获平静地上路。

在前言中，杨先生如此写道："我正站在人生的边缘的边缘上，向后看看，也向前看看。向后看，我已经活了一辈子，人生一世，为的是什么呢？我要探索人生的价值。向前看呢，我再往前去，就什么都没有了吗？当然，我的躯体火化了，没有了，我的灵魂呢？灵魂也没有了吗？"这一段话点出了她要讨论的两大主题，一是人生的价值，二是灵魂的去向，前者指向生，后者指向死。我们读下去便知道，其实这两个问题是密不可分的。

在讨论人生的价值时，杨先生强调人生贯穿灵与肉的斗争，而人生的价值大致取决于灵对肉的支配。不过，这里的“灵”，并不是灵魂。杨先生说：“我最初认为灵魂当然在灵的一面。可是仔细思考之后，很惊讶地发现，灵魂原来在肉的一面。”读到这句话，我也很惊讶，因为我们常说的灵与肉的斗争，不就是灵魂与肉体的斗争吗？但是，接着我发现，她把“灵魂”和“灵”这两个概念区分开来，是很有道理的。她说的灵魂，指不同于动物生命的人的生命，一个看不见的灵魂附在一个看得见的肉体上，就形成了一条人命，且各个自称为“我”。据我理解，这个意义上的灵魂，相当于每一个人的内在的“自我意识”，它是人的个体生命的核心。在灵与肉的斗争中，表面上是肉在与灵斗，实质上是附于肉体的灵魂在与灵斗。所以，杨先生说：“灵魂虽然带上一个‘灵’字，并不灵，只是一条人命罢了。”我们不妨把“灵”字去掉，名之为“魂”，也许更确切。

肉与魂结合为“我”，是斗争的一方。那么，作为斗争另一方的“灵”是什么呢？杨先生造了一个复合概念，叫“灵性良心”。其中，“灵性”是识别是非、善恶、美丑等道德标准的本能，“良心”是遵守上述道德标准为人行事的道德心。她认为，“灵性良心”是人的本性中固有的。据我理解，这个“灵性良心”就相当于孟子说的人性固有的善“端”，佛教说的人皆有之的“佛性”。这里有一个疑问：作为肉与魂的对立面，这个“灵性良心”当然既不在肉体中，也不在灵魂中，它究竟居于何处，又从何方而来？对此杨先生没有明说。综观全书，我的推测是，它与杨先生说的“大自然的神明”有着内在的联系。这个“大自然的神明”，基督教称作神，孔子称作天。那么，“灵性良心”也就是人身上的神性，是“大自然的神明”在人身上的体现。天生万物，人为万物之灵，灵就灵在天对人有这个特殊的赋予。

接下来，杨先生对天地生人的目的有一番有趣的讨论。她的结论是:这个目的绝不是人所创造的文明,而是堪称万物之灵的人本身。天地生人，着重的是人身上的“灵”，目的当然就是要让这个“灵”获胜了。天地生人的目的又决定了人生的目的。唯有人能够遵循“灵性良心”的要求修炼自己，使自己趋于完善。不妨说，人生的使命就是用“灵”引导“魂”，使之成为名副其实的“灵魂”。用这个标准衡量，杨先生对人类的进步提出了质疑：几千年过去了，世道人心进步了吗？现代书籍浩如烟海,文化普及,各专业的研究务求精密,皆远胜于古人,但是对真理的认识突破了多少呢？如此等等。一句话,文明是大大发展了，但人之为万物之灵的“灵”的方面却无甚进步。

尤使杨先生痛心的是：“当今之世，人性中的灵性良心，迷蒙在烟雨云雾间。”这位九十六岁的老人依然心明眼亮，对这个时代偏离神明指引的种种现象看得一清二楚：上帝已不在其位，财神爷当道，人世间只成了争权夺利、争名夺位的战场，穷人、富人有各自操不完的心，都陷在苦恼之中……在这个物欲横流的人世间，好人更苦：“你存心做一个与世无争的老实人吧，人家就利用你、欺侮你。你稍有才德品貌，人家就嫉妒你、排挤你。你大度退让，人家就侵犯你、损害你。你要保护自己，就不得不时刻防御。你要不与人争，就得与世无求，同时还要维持实力，准备斗争。你要和别人和平共处，就先得和他们周旋，还得准备随处吃亏……”不难看出，杨先生说的是她的切身感受。她不禁发出悲叹：“曾为灵性良心奋斗的人，看到自己的无能为力而灰心绝望,觉得人生只是一场无可奈何的空虚。”

况且我们还看到，命运惯爱捉弄人，笨蛋、浑蛋安享富贵尊荣，不学无术可以欺世盗名，有品德的人一生困顿不遇，这类事例数不胜数。“造化小儿的胡作非为，造成了一个不合理的人世。”这就使人对上天的神明产生了怀疑。然而,杨先生不赞成怀疑和绝望,她说：

“我们可以迷惑不解，但是可以设想其中或有缘故。因为上天的神明，岂是人人都能理解的呢。”进而设问：“让我们生存的这么一个小小的地球，能是世人的归宿处吗？又安知这个不合理的人间，正是神明的大自然故意安排的呢？”如果我没有理解错的话，杨先生的潜台词是：这个人世间可能只是一个过渡，神明给人安排的真正归宿处可能在别处。在哪里呢？她没有说，但我们可设想的只能是类似佛教的净土、基督教的天国那样的所在了。

这一点推测，可由杨先生关于灵魂不灭的论述证明。她指出：人需要锻炼，而受锻炼的是灵魂，肉体不过是中介，锻炼的成绩只留在灵魂上；灵魂接受或不接受锻炼，就有不同程度的成绩或罪孽；人死之后，肉体没有了，但灵魂仍在，锻炼或不锻炼的结果也就仍在。她的结论是：“所以，只有相信灵魂不灭，才能对人生有合理的价值观，相信灵魂不灭，得是有信仰的人。有了信仰，人生才有价值。”

那么，杨先生到底相信不相信灵魂不灭呢？在正文的末尾，她写道：“有关这些灵魂的问题，我能知道什么？我只能胡思乱想罢了。我无从问起，也无从回答。孔子曰：‘未知生，焉知死’，‘不知为不知’，我的自问自答，只可以到此为止了。”看来不能说她完全相信，她好像是将信将疑，但信多于疑。虽然如此，我仍要说，她是一个有信仰的人，因为在我看来，信仰的实质在于不管是否确信灵魂不灭，都按照灵魂不灭的信念做人处世，好好锻炼灵魂。孔子说“祭神如神在”，一个人若能事事都怀着“如神在”的敬畏之心，就可以说是有信仰的了。

杨先生向许多“聪明的年轻人”请教灵魂的问题，得到的回答很一致，都说人死了就是什么都没有了，而且对自己的见解都坚信不疑。我不禁想起了两千五百多年前苏格拉底的同样遭遇，当年这位哲人也曾向雅典城里许多“聪明的年轻人”请教灵魂的问题，得到的也都是自信的回答，于是发出了“我知道我一无所知”的感叹。杨先生也感叹：“真没想到我这一辈子，脑袋里全是想不通的问题。”“我提的问题，他们看来压根儿不成问题。”“老人糊涂了！”但是，也和当年苏格拉底的情况相似，正是这种普遍的自以为知更激起了杨先生深入探究的愿望。我们看到，她不依据任何已有的理论或教义，完全依靠自己的生活经验和独立思考，一步一步自问自答，能证实的予以肯定，不能证实的存疑。例如肉体死后灵魂是否继续存在，她在举了亲近者经验中的若干实例后指出：“谁也不能证实人世间没有鬼。因为‘没有’无从证实；证实‘有’，倒好说。”由于尚无直接经验，所以她自己的态度基本上是存疑，但绝不断然否定。

杨先生的诚实和认真，着实令人感动。但不止于此，她还是敏锐和勇敢的，她的敏锐和勇敢令人敬佩。由于中国两千多年传统文化的实用品格，加上几十年的唯物论宣传和教育，人们对于看不见、摸不着的东西往往不肯相信，甚至毫不关心。杨先生问得好：“‘真、善、美’看得见吗？摸得着吗？看不见、摸不着的，不是只能心里明白吗？信念是看不见的，只能领悟。”我们的问题正在于太“唯物”了，只承认物质现实，不相信精神价值，于是把信仰视为迷信。她所求教的那些“聪明的年轻人”都是“先进知识分子”，大抵比她小一辈，其实也都是老年人了，但浸染于中国的实用文化传统和主流意识形态，对精神事物都抱着不思、不信乃至不屑的态度。杨先生尖锐地指出：“什么都不信，就保证不迷吗？”“他们的‘不信不迷’使我很困惑。他们不是几个人。他们来自社会各界：科学界、史学界、文学界等，而他们的见解却这么一致、这么坚定，显然是代表这一时代的社会风尚，都重物质而怀疑看不见、摸不着的‘形而上’境界。

他们下一代的年轻人，是更加偏离‘形而上’境界，也更偏重金钱和物质享受的。”凡是对我们时代的状况有深刻忧虑和思考的人都知道，杨先生的这番话多么切中时弊，不啻是醒世良言。这个时代有种种问题，最大的问题正是信仰的缺失。

我无法不惊异于杨先生的敏锐，这位九十六岁的老人实在比绝大多数比她年轻的人更年轻、心智更活泼、精神更健康。作为证据的还有附在正文后面的“注释”，我劝读者千万不要错过，尤其是《温德先生爬树》《劳神父》《记比邻双鹊》《〈论语〉趣》诸篇，都是大手笔写出的好散文啊。尼采有言：“句子的步态表明作者是否疲倦了。”我们可以看出，杨先生在写这些文章时是怎样的毫不疲倦、精神饱满、兴趣盎然，遣词造句、布局谋篇是怎样的胸有成竹，收放自如，一切都在掌控之中。这些文章是一位九十六岁的老人写的吗？不可能。杨先生真是年轻！

2007.9

让生命充满内在意义

——王川《破晓，醒来！》序

2003 年春季，SARS 肆虐，北京成了一座半空的围城，我和家人在郊外住宅过着安静的日子。那些天里，我略感意外的是，未尝谋面的画家王川忽然常打电话来。当时他卜居在深圳郊外海边的一个小渔村里，每日埋头作画。在电话里，他跟我谈不久前他在尼泊尔的朝圣，谈艺术界的人和事，谈他的各种感想。他那四川口音的普通话忽近忽远，忽清晰忽模糊，仿佛从他身边的南中国海传来的遥远潮声。他说话语速很快，话题跳跃，我即使聚精会神也总有听不明白的时候。但是，我听明白了一件事，就是自从做胃癌手术以后，他写了几百万字的日记和笔记。我把这件事一直放在心上。现在，我读到的这部书稿就是他从日记和笔记中整理出来的。

人生无常，死亡随时可能来临，这个道理似乎尽人皆知。但是，对于多数人来说，这只是抽象的道理，而在一个突然被死神选中的人身上，它却呈现出了残酷的具体性。同是与死神不期而遇又侥幸地逃脱，情况也很不相同，这种非常经历能否成为觉悟的契机，取决于心性的品质。在中国美术界，王川被同行称为离上帝最近的人，他有浓烈的玄思倾向和宗教情怀，耽于终极问题的追问，并通过绘画予以表达，其抽象艺术的成就得到了广泛的承认。这样的一个人，从死神身边回来了，我相信他一定会有重要的感悟告诉我们。

王川于1998年被诊断出胃癌第三期并做了胃切除百分之八十的手术，此后曾出现复发的迹象，这使他的生命时间始终处在极大的不确定之中，他的感觉是佛家说的“分分秒秒正在死去”。对于潜伏在身边的死亡，王川终于找到了一种合宜的态度，不但不回避、不拒绝，与之和睦相处，而且把它当作一位导师，在它时时刻刻的提醒下思索人生。这正合海德格尔所说的“面向死亡而存在”的思路，使死亡由致人毁灭的负面力量变成促人净化的正面力量了。他的感悟若用两个词来概括，就是当下和内在。生命大于肉身，死亡揭示了肉身的有限，却启示了生命的无限。生命的内在疆域无比宽阔，只要你能进入其中，每一个当下即是永恒。

一般人活在世上，对于未来会有种种期望和计划，并且为之忙碌。可是，倘若一个人意识到死亡近在咫尺，他就会明白，期待中的未来也许并不存在，唯一可把握的是当下。王川就是这样，他说他活得像只剩下几分钟，每一天破晓睁开眼睛起来，喝上一口热水，深深地吸一口气，这时他会想，不知明天还能不能再睁开眼睛起来，于是就感到自己非常幸运了。因此，他不会给自己安排许多事，好像把所有这些事做完了就可以看得更清楚。他知道，结果正相反，这只会让头脑里装满垃圾，欺骗自己前面还有无限的时光和明确的目标，过多的期望逐渐变成过多的恐惧，掉进了致命的陷阱。他已经习惯于放下一切，首先是放下对未来的执着。于是，他做事的心态是:“见了便做，做了便放下，了了有何不了。”这种心态看似消极，其实包含着大智慧。事实上，每一个人都可能突然遭遇没有明天的一天，可是世人往往为不可靠的明天复明天付出全部心力，却把一个个今天都当作手段牺牲掉了。

把心放在当下，如何做、做什么？王川的回答是："利用生命每一刻来转化内在。"人们为未来奔忙，多半有具体的名和利作为目标。精神的追求自然也可以设立某种目标，但是，精神性的目标只是一个方向，它的实现方式不是在未来某一天变成可见的现实，而是作为方向体现在每一个当下的行为中。也就是说，它永远不会完全实现，又时刻可以正在实现。因此，把心从未来收回到当下，也就意味着把心从外在的名利世界收回到内在的精神世界。王川的淡泊名利，在美术界有口皆碑，而死亡这位导师的教导使他更加看清了名利的无价值，更加坚定了生命的精神性目标。他曾是一个基督徒，后来又潜心佛教和禅定，不过，在我看来，这些都只是形式，他始终在做着同一件事，就是他常说的"转化内在"，从而让生命充满内在意义。他深切感到，对生命的正确思考和深度体验是实实在在的、最高级的、不可估量的东西，拥有了这个东西，就"身在黄金岛，何须寻凡石"，不必在乎世俗生活中的得失了。

对于作为艺术家的王川来说，绘画也是"转化内在"的一种形式。从他一些个展的主题，例如"生命的指标""精神生活的手稿""涂画的觉醒"，我们亦可看出这一点来。他画抽象水墨画，只是出于内心的需要，与中西文化优劣之类的伪命题毫无干系，最反感那种"自我东方化"的民族主义情绪。他批评中国画家头脑里装了太多与艺术无关的事情，使得艺术本身变得很弱。面对空前热闹的大陆艺术界，他宁愿"彻底将自己变成局外人，变成什么都不是的人"，背着行囊四处漂泊，在漂泊中脱光身上虚假的文化盔甲。当他孑然一身漫游在喜马拉雅山麓生机勃勃的丛林之中时，他如此告慰自己："我最满意的不是我画出一点儿抽象艺术之美的作品，而是我获得的一种生活。"

从这部书稿中我第一次知道，就在2003年他常给我打电话的那段时间后不久，他卜居的小渔村遭受十二级飓风袭击，而他在那里辛苦画出的一百五十多幅水墨画被雨水浸泡成了纸浆。遭此劫难，他在日记中平淡地写道："消融于生命自身之中的生命，乃是无限丰盈的自足。当下，水墨画被水弄湿的讲法已经无聊之极。只好随它去。"

仍让我用王川自己的话来结束这篇序言吧："开始的时候，什么都不会来；中间的时候，什么都留不住；最后的时候，全部都在。"那最后的时候全部都在的是什么？他如是说："精神与世界不曾分离，天空与大地，生命是一个整体。"

在确诊患了中晚期胃癌的那个时刻，王川向自己预言："此时，我的人生又是一次开始。"信哉。

2007.9

和少年朋友探讨人生的真理

一

亲爱的少年朋友，我想和你们探讨生命的真理。

人来到世上，首先是一个生命，生命是每个人最宝贵的东西，这似乎是一个人人都懂的道理。可是，进入到实际的生活中，人们似乎不记得这个道理了。许多时候，人们不是作为生命在活，而是作为欲望、野心、身份、称谓在活，不是为了生命在活，而是为了财富、权力、地位、名声在活。这些社会的堆积物遮蔽了生命，人们把它们看得比生命更重要，为之耗费了一生的精力。

那么，请允许我说：生命的真理是单纯。生命原本是单纯的，应该是单纯的。作为自然之子，生命的需要原是简单的，无非是与自然和谐相处，健康，安全，以及爱情、亲情等自然情感的满足。复杂，是对生命的真理的背离。人间的各种争斗、人生的诸多烦恼，都因这个背离而起。

生活在今天这个时代，我希望你们保持清醒，不被时代的风气绑架。你们要经常向自己的内部倾听，听一听自己的生命在说什么，想一想自己的生命真正需要什么。

当然，你们处在生命的早期，对人生满怀激情和幻想，渴望卓越和辉煌。你们尽可以去创造种种不平凡，但是请记住，一切不平凡都要回归平凡，平凡生活构成了生命的永恒核心。你们也尽可以去争取成功，但是请记住，倘若成功使你们的内心和生活都变得过于复杂，失去了生命的单纯，这个成功实际上是失败。

茫茫宇宙间，每个人都只有一次生命，都是一个独一无二、不可重复的存在。名声、财产、地位等等是身外之物，人人可求而得之，但是没有人能够代替你再活一次。意识到了这一点，你就会明白，在如何活的问题上，你必须自己做主，盲从舆论和习俗是最大的不负责任。在人世间的一切责任中，最根本的责任是对你自己的人生负责，真正成为你自己，活出你独特的个性和价值来。

二

亲爱的少年朋友，我想和你们探讨灵魂的真理。

天造万物，只把人造得有一个内在的精神世界，有理性、情感和道德。在这个意义上，人是万物之灵。我们要照料好自己的灵魂，让它配得上造化的厚爱。作为肉身的人，并无高低贵贱之分；唯有作为灵魂的人，由于内心世界的巨大差异，才分出了高贵和平庸，乃至高贵和卑鄙。

那么，请允许我说：灵魂的真理是——高贵。我们也许不能探知灵魂的神圣来源，但是，由自己心中的道德律和羞耻心，由内心对真善美的向往和对假恶丑的厌弃，我们都可体会到灵魂是人的尊严之所在，是人身上的神性。平庸和卑鄙，是对灵魂的真理的背离。平庸是灵魂没有醒来，卑鄙是灵魂已经死去，二者都辱没了人身上的神性。

少年人爱做梦，这正是你们的优点。对于不同的人，世界呈现不同的面貌。一个有梦的人和一个没有梦的人，事实上生活在不同的世界里。急功近利的社会正在制造出许多平庸的人，你们不要被这个环境同化。坚持做有梦的人，梦能成真，即使不能，也可丰富你们的心灵。

人生中有顺境也有逆境，有幸福也有苦难。哲学的智慧能帮助你站在高处，俯视自己的身外遭遇，顺境不骄，逆境不悲。创造幸福和承受苦难是同一种能力，在这种能力中有高贵在言说。

我们的社会重视德育，但德育必须抓住道德的根本。道德在人性中有基础：人作为生命要有同情心，自爱也关爱他人；作为灵魂要有尊严，自尊也尊重他人。假大空的说教与道德无干，只是用来骗己、骗人的纸花，你们的道德要诚实地扎根于人性，结出善良、高贵的品质之果实。

信仰是内心的光，照亮了一个人的人生之路。信仰的形式可以不同，实质都是把灵魂看得比肉身更重要。人生在世，必须有一个精神目标，愿你们按照自己的方式找到这个目标。如果没有找到，也不必灰心，因为坚持寻找本身即已证明了目标的存在。

艺术和哲学，道德和信仰，其实是在用不同的语言、从不同的角度说同一句话，就是——你要有一个高贵的灵魂。

三

亲爱的少年朋友，我想和你们探讨情爱的真理。

茫茫宇宙间，人人都是孤儿，偶然地来到世上，又必然地离去。

正是因为这种根本性的孤独，才有了爱的渴望、爱的理由、爱的价值。人是离不开同类的，而在同类之中，你和谁结成了亲密的关系，则缘于相遇。相遇是一种缘，多么偶然，又多么珍贵。

那么，请允许我说：情爱的真理是感恩。为相遇而感恩，爱就在你的心中。为爱而感恩，幸福就在你的心中。你不可计较爱的多少和得失，爱是不可量化的，只要是真诚的，就不存在多少和得失的问题。计较，是对情爱的真理的背离。

你得到了爱，你要感恩。你给出的爱被接受了，你也要感恩。在爱中，给出本身就是得到，接受本身就是回赠。太阳不要求万物也给它光芒，溪流不要求河床也为它歌唱。爱是积聚的能量的自然释放，是情感出于内在丰盈的自然流溢，那双伸出来接受的手同时也构成了奉献的姿势。

人们都期望爱能长久，但世事未必尽如人意。你要记住，不论时日长短，凡真爱都是财富，既丰富了你的经历，也丰富了你的心灵。

爱是心的能力，一个人必须有健康的心，才能爱。心的健康，第一是善良，有同情心，冷漠的心没有爱生长的温度；第二是宽广，有包容心，狭窄的心没有爱生长的空间。爱者的首要功夫是修心。你不可只在你所爱的某个具体对象身上下表面的功夫，那样的爱格调太低，气象太小，源泉会枯竭。你要使自己既具备爱的能力，也具备被爱的价值，而如果你所爱的人也如此，你们之间就会有高品质的爱。说到底，使一种交往具有价值的不是交往本身，而是交往者各自的价值。

四

亲爱的少年朋友，我想和你们探讨成长的真理。

处在少年时期，一个人的身体和心灵都在发生着急剧的变化，这是成长的兴旺期和关键期。你们的身心内部会萌动一百种欲望，它们使你们兴奋又感到无助。你们向外求助，周围的成人世界会发表一百种主张，它们使你们困惑而无所适从。成人世界相信自己负有教育你们的责任，父母耳提面命，学校施教垂训，你们也许顺从，也许质疑，但皆消除不了对人生走向的迷惘之感。

那么，请允许我说：成长的真理是——自我教育。是的，你们现阶段的主要任务是学习和接受教育，唯因如此，我要让你们现在就记住这个真理：一切学习本质上都是自学，一切教育本质上都是自我教育。且不说今天的教育体制有诸多弊端，不论体制之优劣，你们都不可只是被动地接受教育。教育是心智成长的过程，你们要自己做这个过程的主人，这便是自我教育的含义。放弃做这个主人，任凭成长受外界的因素支配，是对成长的真理的背离。

每个人与生俱来就有潜在的心智能力，教育是这个能力的生长。如果一个教育体制是好的，那就是好在为生长提供了自由而又富有激励因素的环境。人是要一辈子学习的，学校教育只是为一辈子的学习打基础，这个基础就是一种快乐而自主地学习的能力，质言之，就是自我教育的能力。有没有这个能力大不一样，那些走出校门后大有作为的人，未必是上学时各门功课皆优的"好学生"，但一定是能够按照自己的兴趣安排自己的学习的"自我教育者"。

自我教育的目标不只是获取知识、事业有成，更是熏陶心灵，丰满人性。因此，不管你的志趣偏向文理哪一科，都要养成两个习惯，一是阅读，二是写日记。阅读是与历史上的伟大灵魂交谈，借此把人类创造的精神财富“占为己有”。写日记是与自己的灵魂交谈，借此把外在的经历转变成内在的财富。人生有两个朋友不可缺，一个是你自己，一个是活在好书里的那些伟大灵魂，有了这两个朋友，你会发现你是多么强大而富有。

2014.3

促进生命的内在化

我刚刚过了六十五岁生日。即使在老龄标准大大推迟的今天，这个年龄的人也不能赖在中老年交界的碑石前暂不挪步了。心态多么年轻，也阻挡不了时间加速度的步伐，曾经觉得非常遥远的半百、花甲，一眨眼已经都落在了身后。岁月无情，人生易老，对此真是无话可说。

然而，好的心态仍是重要的。这个好的心态，不是傻乐，不是装嫩，而是历经沧桑之后的豁然开朗。我体会到，人过中年以后，应该逐步建立两方面的觉悟，一方面是与人生必有的缺陷达成和解，另一方面是对人生根本的价值懂得珍惜。有了这两方面的觉悟，就会有好的心态。

人生的根本价值，不可缺少内在生活这一维。对于我自己来说，正如许多先贤用亲身体验所指出的，促进生命的内在化乃是人生最后阶段的重大使命。对于这个浮躁的时代来说，重视内在生活则是一个必要的提醒。社会种种危象，究其根源之一，正是外在生活膨胀，内在生活萎缩。无论什么样的救世方策，缺了灵魂的觉醒这一条，都不可能成功。

2010.8

做一个有精神目标的人

——答浦发银行刊物《卓信》

1. 您是否听说过“男不可不读王小波，女不可不读周国平”这句话？这句话从一个侧面反映了女性对您的推崇，也在一定程度上会让人以为，您的读者以女性为主。您对这个说法是什么看法？

老有人对我提到这句话，当然知道啊。我的确有许多热心的女读者，对此我只感到愉快，丝毫不觉得难为情。我揣测，女性之所以喜欢我的书，原因可能有二。第一，我比较能够欣赏女性并体会她们的心理，谁不喜欢听中肯的恭维呀。第二，女性离功利战场比男性远，心比较静，又看重情感生活，容易与我的价值取向产生共鸣。不过，我的读者未必是以女性为主，我也有许多男性读者，并且和其中一些人成了朋友。

2. 您身上有很多标签，哲学家和作家这两个身份，您更喜欢哪一个，更愿意把哪一个当作主业？或者说，它们是如何有机地融合到一起的？

我完全不在乎标签和身份，随人们怎么称呼，我无所谓。我一向认为，在精神领域是不存在严格分工的，文史哲本是一家。就我自己而言，我自小喜欢想哲学问题，也喜欢看文学书籍，因此，在后来的写作中，用文学的方式写哲学的内容，就成了一件自然的事，我觉得这样做最舒服，和我的性情最吻合。

3. 您是一个非常多产的作家，请问您是如何做到几十年如一日地笔耕不辍？能简单给我们描述一下您写作的状态吗？

我不算多产，你们看到我出了许多书，其实大多是旧作的重版或选编，新作品不多，严格意义上的新书，一年有一本就不错了。我基本上天天都在工作，包括阅读和写作，因为我喜欢，乐在其中，不让我工作我反而会非常难受。不过，我写东西比较慢，平均一天也就写几百字。当然也有写得快的时候，情绪饱满，思路顺，一天两三千字。灵感枯竭怎么办？很简单，不要硬写嘛，硬写出来的东西一定糟糕。我会停下笔来读书，在读书的过程中，我自己的思绪、灵感、积累会被唤醒，就又有了写作的冲动和题材。

4. 是什么让您能够将生与死、灵与形、爱与孤独、执着与超脱、苦难与幸福等问题思考得如此深刻？这需要忍受常人无法忍受的某些精神上的压力吗？换言之，您为之付出了哪些代价？

其实，对于我来说，你提到的这些人生大问题完全不是抽象的，它们都是我的生活中和灵魂中的问题。因此，我不是刻意去想这些问题，而是无法回避，必须开导自己，为自己解除困惑。我不认为我的思考有多么深刻，事实上，许多困惑仍在，我做到的只是比较真实罢了。既然是我自己的问题，我就不能骗自己，给自己一个虚假的解决。我不觉得这个过程给了我多大的精神压力，或让我付出了什么代价，问题已经在那里，你不去想，它们成为隐痛，更受折磨，不如坦然面对它们。

5. 有人说，您的文章更多地关注自身修炼而非家国大事，就停留在修身、齐家、治国、平天下的修身境界。您对这个说法怎么看？诚然，这个社会存在这样那样的不如意，假如您是手握手术刀的医生，您会从哪个方面开始治疗？

儒家把修身看作齐家、治国、平天下的前提和基础，是有道理的，不过这个修身不能局限于道德修养，应该深入到灵魂的层面，关注人生觉悟和精神素质的提升。现在的问题是，关注这个层面的人不是多了，而是少了。今天的中国知识分子太热衷于在治国、平天下方面一展抱负，恰恰不重视灵魂层面上的修身，在这一点上还不如古人。一个内心没有精神目标的人，他对社会问题的关注，在内涵上会是肤浅的，在动机上可能是功利的。其实我也并非不关心社会问题，你们看一看我近些年的文章和讲演，对此多有涉及。我一直强调的观点是，在转型时期的中国，我们最缺少、最需要的东西，一是信仰，二是法治，没有精神文化转型和社会秩序转型的配套，经济转型绝不可能孤立地成功。

6. 刚刚得知您有博客的那一瞬间有点儿惊讶，一直觉得您是喜欢将自己藏在幕后的。为什么会想起开博客？想通过博客和博友们交流些什么？现在保留着怎么样的一种更新频率？

我的博客是新浪主动给我开的，至今已有五年多，最近新浪和腾讯又给我开了微博。我跟大多数开博客和微博的人不同，并没有频繁地把自己的日常生活和瞬时感受曝光。我绝不会这样做，这倒不是因为我喜欢将自己藏在幕后，主要的原因是，我觉得随时向人报告自己的鸡毛蒜皮的事情和想法是特别无聊的，而对于一个写作者来说，沉默中的酝酿十分重要，在公众面前频频亮相几乎是一种自残。在多数情况下，我只是从我已写的文字中挑选一些贴在博客和微博上，大致上一周更新一次。我认为效果是好的，一是扩展了我的读者面，许多人是通过这个渠道读到我的文字的，二是能够很快得到读者的反馈，这对我的思考和写作是良好的激励。

7. 您说过要读那些永恒的书，什么叫永恒的书？现在社会节奏很快，人们留给书籍的时间越来越少，很多世界名著竟然被束之高阁。作为一个哲学家，您对这种现象怎么看？作为一个作家，您是否担心自己著作的明天？

我说的永恒的书，是指古今中外的经典名著。经典之为经典，就在于其中凝聚了对人类基本境况的观察和思考，因而具有永恒的价值。现在社会上急功近利的风气和网络媒介的强势，对于阅读经典的确造成了巨大冲击，我认为是很可悲的。不过，事实上，经典作品仍在源源不断地出版，证明它们仍拥有基本的读者群，火种仍在传承，绝不会熄灭。至于我自己的作品，我不关心它们明天会怎样，今天拥有众多读者就可以了。我从来不认为我的作品有传世的价值，因此也绝不追求这个目标。我一再说，我的作用仅在于把读者引到经典作品面前，我不会无知和自信到认为我的作品能成为经典。我二十多年前的作品现在仍有许多人喜欢读，这个情况已经大大超过我的期望了，为此我既感到满意，又感到惭愧。

8. 您最近都在看什么书？如果要您给现代人开一个书单，您会推荐哪些书？

我读书分两种情况，一是根据我的研究和写作计划比较系统地读，二是随便翻翻。我从来不给人开书单，因为我认为，读书是个人的精神生活，适合于每个人的书必是不同的，必须自己去寻找。我的建议只有一条，就是多读经典作品。

9. 哲学总给人虚幻、遥不可及的感觉，但您的哲学很生活，通俗易懂，仿佛都是身边小事，很容易让人感同身受。您是怎么做到这一点的？

认为哲学虚幻、遥不可及，这本身是一种误解。许多大哲学家的书写得也相当通俗易懂，而且生动活泼。我写作时有一个基本态度，就是尽量写自己真正感受到和想明白的东西。除去那些非常专业的著作，有些人的文章之所以晦涩难懂，一个重要原因是他们在写自己没有感受到和想明白的东西。

10. 现在看哲学的人比以前明显少了，人们一股脑儿涌向那些容易就业、收入不菲的专业和行业，对于哲学的这种“没落”，希望听听您的见解。

我的文章曾经多次谈到这个话题。在今日社会急功近利的总体氛围中，一般考生把就业前景树为选择专业的首要标准，因此，毫不奇怪，不但文史哲一类人文学科，而且数理化一类自然科学基础学科，都在不同程度上成了冷门，而财经、法律、计算机等实用性强的学科则成了显学。不过，我一向认为，一个国家不需要有许多以哲学为专业的人，就像不需要有许多数学家、理论物理学家一样。更确切地说，不是不需要，而是不可能，作为一门学科的哲学具有高度的抽象性和思辨性，对之真正有兴趣和能力的人是绝不会多的。但是，这绝不等于说一个国家不需要哲学。作为对世界和人类根本问题的思考，哲学代表了一个民族在精神上所站立的高度，决定了它能否作为一个优秀民族在世界上发挥作用。真正令人忧虑的是我们民族今天所表现出来的严重世俗化倾向，对于物质财富的热衷和对于精神价值的轻蔑。如果青少年中智商较高的人都一窝蜂奔实用性专业而去了，我们就很难再指望哲学人文科学会出现繁荣的局面。其实，即如经济、法律等似乎偏于实用的学科，从业者若没有哲学的功底，也是绝不会有大出息的。不过，如果广义地看哲学，哲学在商业社会的处境是矛盾的，一方面，追逐实利的普遍倾向必然使它受到冷落，另一方面，追逐实利的结果是精神空虚，凡是感受到这种空虚并且渴望改变的人就可能愈加倾心于哲学。所以，我曾经说过：哲学既是这个时代的弃妇，又是许多人的梦中情人。

11. 应该有不止一个人说过您看上去比您实际年龄年轻吧，大家都很好奇，也很想知道，您是怎么做到这一点的？有什么养生秘诀？希望您与我们分享一下关于年龄、成长和衰老这个话题。

曾经有人问我的养生之道，我说是抽烟、喝酒、熬夜。这当然是半开玩笑，虽然我说的是事实。我始终认为，人的身体是受心灵支配的，心态好是最好的养生。怎么做到心态好？我的体会是，一定要有自己喜欢做的事，快乐的工作是养生的良药。当然，也不妨有一些健体的运动，但心态要放松。我敢肯定，一个人太在乎自己的身体，这个身体一定会出毛病。在今天的中国，打着养生旗号的骗术最容易成功，往往骗倒一大片。在图书畅销榜上，也是养生书独占鳌头，经久不衰。我推测许多人的心态可能是，没别的事可关心了，或者关心了也没用，就关心自己的身体吧。可是，把注意力都集中在养生上，养生几乎成了人生的全部目的和意义，这么紧张兮兮的一种心态，真的能把生养好吗？

12. 现代社会十分看重财富、名利等物质的东西，而且往往以这些来衡量一个人的价值。也不是不知道这是不对的，但社会就有一种力量推着你不得不去遵从这样的价值观。这种悖论，要怎么逃离？

不得不遵从？为什么？关键是你是否确立了自己清晰而坚定的价值观，如果确立了，你就不会被社会潮流推着走。在我看来，人在世上活的就是一个价值观，不同的价值观造就了不同的人生。因此，在价值观的问题上，一个人必须认真思考，自己做主。当然，现在许多年轻人都面临着巨大的生存压力，我不主张清高，生存问题不解决，是清高不下去的。但是，内心要清醒，要有自己的精神目标，有没有是大不一样的。有精神目标的人，他在解决生存问题时即能保持一种内心力量，不至被贫困压倒，也不至被诱惑败坏，而当他基本解决了生存问题之后，就能及时地走上自己的人生追求之路，不再是为谋生而工作，而是真正拥有自己的事业。

13. 我们都在追寻着幸福，在您看来，什么是幸福呢（大众版）？您个人的幸福又是什么？

好，说一说我的大众版的幸福观。在我看来，一个人若能做自己喜欢做的事，并且靠这养活自己，同时能和自己喜欢的人在一起，并且使他们也感到快乐，即可称幸福。用这个标准衡量，我可以算是幸福的。现在我的生活基本上由两件事情组成，一是读书和写作，我从中获得灵魂的享受，另一是亲情和友情，我从中获得生命的享受。人最宝贵的两样东西，生命和灵魂，在这两件事情中得到了妥善的安放和真实的满足，夫复何求，所以我过着很安静的生活。

14.《钢铁是怎样炼成的》里那段名言大家都很熟悉，我借它来问您一个问题，您觉得人的一生应当怎么度过，才不枉来这世界走一遭呢？

如果在一生中尽我之能品尝了人生的美好，也承受了人生的苦难，就可以算是不枉来这世界走一遭了。然而，正因为如此，只走一遭未免太少了。一个好的人生留给人的既是最大的满足，又是最大的依恋。

15.“痴情”这个词语向来是在爱情中出现，但当我们听到您被冠以“最痴情的父亲”时，几乎没有人会觉得这个词用错了。讲讲您对两个女儿的爱吧，为她们写书是您向她们表达爱的一种方式吗？爱的喜悦和悲伤都需要与人分享吗？妞妞和啾啾在您的生命中占据着怎么样的一个位置？

至高无上的位置。其实，这是人之常情，我相信每个有爱心的父亲和母亲都有同感。我写书，不是为了向孩子表达爱，因为我的表达在和孩子共同生活时早已天天在进行，也不是为了与人分享这爱，因为从根本上说是无法分享的。最主要的动机是，把我的人生中最珍贵的经历记录下来，不让它们被岁月湮没。

16.能否向我们透露一下，目前在准备写什么书吗？

我有许多写作计划，但往往只能完成很少一部分，致使大多数计划不断地往后推延。所以，我不好意思透露了，完成了一个说一个吧。

2011.2

第五辑

把心静下来

论感恩

1. 善良和感恩

如果你是一个善良的人，你得到了别人的善意对待和帮助，心中会产生一种自然的情感，这种情感就叫感恩。

当然，前提是你是一个善良的人。善良，就是有同情心。你必须有同情心，才会有感恩心。你对别人怀有善意，乐于帮助，才会懂得别人对你的善意，感激别人对你的帮助。其实，感恩心和同情心是同一颗心，感恩和同情是善良的两面。

冷漠者不知感恩为何物。一个不肯向别人伸出援助之手的人，倘若别人向他伸出援助之手，他的本能反应是猜疑，而不是感恩。如果他尚能被感化，因此知恩向善，则证明他善根尚存。能否知恩是检验善根是否尚存的试金石。所以，佛经里说：知恩者不坏善根，不知恩者善根断灭。

2. 为生命感恩

我们得到珍贵的礼物，心中会对那赠予者怀有感激之情。然而，在我们得到的一切礼物中，还有什么比生命更珍贵的礼物呢？

所以，我们感恩父母，因为凭借他们，我们才得到了这一世的生命。中国传统伦理强调孝，提倡尊亲，其合理内核就是感恩生命的来源。

然而，单凭父母的血肉之躯，我们是不能得到生命的。生命传承，世代相续，那最初的源头在哪里，那神秘的主宰是什么？各民族的神话和宗教都告诉我们，生命有神圣的来源，它被称作天地、神、上帝、造物主。对于生命的这个神圣来源的感恩，就叫作信仰。

在一切感恩中，为生命感恩是最根本的感恩。在这种大感恩的照耀下，生命的总色调是明亮的，使我们能够超越具体的得失恩怨，在任何遭遇中保持感恩之心。

3. 为爱感恩

如果说生命是最珍贵的礼物，那么，在生命的经历中，爱是最珍贵的礼物。

爱情、亲情、友情，是生命中的无价之宝，你要珍惜。珍惜生命中的爱，常怀为爱感恩之心，幸福就在你的心中。

你得到了爱，你要感恩。你给出的爱被接受了，你也要感恩。在爱中，给出本身就是得到，接受本身就是回赠。

爱是不可量化的，只要是真诚的，就不存在多少的问题。曾经相爱就是恩，你不可为爱的离去而怨恨。如果你确实看清了那不是爱，而是欺骗，也不要怨，而应该蔑视。

4. 包容和感恩

生命中必然有逆境、灾祸、苦难，如果你真正感恩生命，就会包容这些负面的遭遇。在某种意义上，它们也是生命给你的礼物，是促使你体悟人生的宝贵机遇。

如同在道德的层面上，感恩心与同情心不可分割，在智慧的层面上，感恩心与包容心也不可分割。一个没有包容心的人，他的心是狭窄的，并且长满了怨和嗔的杂草，感恩心就没有了生长的空间。

我们感恩，是用心感恩。一个人必须有健康的心，才能感恩。心第一要善，有同情心；第二要宽，有包容心。兼具此二者，就是健康的心。

5. 报恩

感恩是知行的统一，既要知恩，也要报恩。报恩不是只报恩主，倘若那样，实质上仍是交易。知生命之大恩的人，用一生的行为来报这个大恩。

人是有性灵的生命，生而为人，是造化的大恩。为报这个大恩，就要活出你的性灵，拥有自由的头脑、丰富的心灵、高贵的灵魂，无愧为人。做人委琐，自甘平庸乃至堕落，是最大的忘恩负义。

如果你在人世获得了成功，不论是凭借能力还是运气，说到底都是上天所赐。所以，你要把这个成功看作一种责任，用它来造福众生，回报社会。

2014.1

爱，这一个理由已经足够
——《宝贝，宝贝》序

一

宝贝，宝贝，在写这本书的时候，这个词一直重叠着在我的心中回响，如同一个最温柔也最深沉的旋律。

宝贝，宝贝。

女儿是我的宝贝。小生命来到世上，天下的父母哪个不心醉神迷，谛视着婴儿花朵一样的脸蛋，满腔的骨肉之爱无以表达，一声声唤宝贝，千言万语尽在其中。

和女儿一起度过的时光，是我的生命中的宝贝。养育小生命是人生最宝贵的经历之一，其中有多少惊喜和欢笑、多少感悟和思考，给我的心灵仓库增添了多少无价的珍宝。

宝贝，宝贝，我的女儿，我的生命中的时光。

二

我也许命中该做父亲，比做别的什么都心甘情愿，绝对不会厌烦。我想不出，在人生中，还有什么事比养儿育女更有吸引力，更能使人身不由己地沉醉其中。

我的妻子常说，没见过像我这么痴情的爸爸。周围的朋友，看见我这么陶醉地当爸爸，有的称赞我是伟大的父亲，有的惋惜我丧失了革命的斗志。我心里明白，伟大根本扯不上，我是受本能支配，恰恰证明我平凡。至于丧失了斗志，我不在乎，倘若一种斗志会被生命自身的力量瓦解，恰恰证明它没有多大价值。

性是大自然最奇妙的发明之一，在没有做父母的时候，我们并不知道大自然的深意，以为它只是男女之欢。其实，快乐本能是浅层次，背后潜藏着深层次的种属本能。有了孩子，这个本能以巨大的威力突然苏醒了，一下子把我们变成了忘我舔犊的傻爸傻妈。

爱孩子是本能，但不止于本能。无论第几次做父亲，新生命的到来永远使我感到神秘。一个新生命的形成，大自然不知运作了多少个世纪，其中不知交织了多少离奇的故事。

我的女儿，你原本完全可能不来找我，却偏偏来了，选中我做你的父亲，这是何等的信任。如果有轮回，天下人家如恒河之沙，你这一个灵魂偏偏投胎到了我的家里,这是何等的因缘。如果有上帝，上帝赐给了我生命，竟还把照看你的生命的荣耀也赐给了我，这是何等的恩宠。面对你，我庆幸，我喜乐，我感恩。

三

我有写日记的习惯。女儿出生后，她成了我的日记里的主角。这很自然，因为她也成了我的生活里的主角。我情不自禁地记下她一点一滴的表现，如同一个藏宝迷搜集一颗又一颗珠宝，简直到了贪婪的地步。尤其从她咿呀学语开始，我记录得格外辛勤，语言能力的每一点进步，逐渐增多的有趣表达，她的奇思妙想和惊人之言，只要听到，我就赶紧记下来，生怕流失。事实上，如果不记下来，绝大部分必定流失。

这当然是需要一点儿毅力的，因为养育孩子既是最快乐的，也是最劳累的，这种劳累往往使人麻木和怠惰，失去了记录的雅兴和余力。不过，我是欲罢不能。我清楚地意识到，孩子年幼的这一段时光，生命初期的奇妙景象，对于我是一笔多么宝贵的财富，而这段时光是那样稍纵即逝，这笔财富是那样容易丢失。上天赐给了我这么好的运气，我绝不可辜负。此时此刻，这就是我的事业和使命，其余一切必须让路。

物质的财宝，丢失了可以挣回，挣不回也没有什么，它们是这样毫无个性，和你本来就没有必然的关系，只不过是换了一个地方存放罢了。可是，你的生命中的珍宝是仅仅属于你的，它们只能存放在你的心灵中和记忆中，如果这里没有，别的任何地方也不会有，你一旦把它们丢失，就永远找不回来了。

当我现在重读和整理这些记录时，我发现，在女儿二至五岁的四年里，记的精彩段子最多，以后就大为减少了。我认为，这并不意味着她后来退步了，而是显示了一种规律性的现象。二至五岁正是幼儿期，心智的各个要素，包括感觉、认知、语言、想象，如同刚破土的嫩苗，开始蓬勃生长。一方面，这些要素尚未分化，浑然一体，相得益彰；另一方面，又尚未被成人世界的概念思维和功利计算所同化，清新如初。人们对于幼儿绘画赞美有加，其实，幼儿语言毫不逊色，同样富于独创性。这是原生态的精神现象，奇妙无比，在生命的以后阶段绝不可能重现。打一个未必恰当的比方，犹如中国的先秦文化和欧洲的古希腊文化不可能重现一样。长大以后，在较好的情形下，心智的某一要素得到良好发展，成为某一领域的能者。在最好的情形下，心智保持纯真的品质和得到全面的发展，那就是天才了。

如果说，生命早期的精彩纷呈对于做父母的是宝贵财富，那么，对于孩子自己就更是如此了。但是，孩子身在其中，浑然无知，尚不懂得欣赏和收藏它们，而到了懂得的年纪，它们早已散失在时光中了。为孩子保住这一份财富，这只能是父母的责任。在为女儿做记录时，我经常想，她长大后，有一天，我把这一份记录交到她的手上，她会多么欣喜啊。这是真正的无价之宝，天下父母能够给孩子的礼物，不可能有比这更贵重的了。

四

现在有一些父亲或母亲以自己的孩子为题材写书，写的是他们很特别的育儿经历。他们有宏大的目标和周密的计划，从零岁开始，一步一步，把自己的孩子培育成天才，终于送进了哈佛或牛津。在我的这本书里，没有一丁点儿这样的东西。事实上，我也不是这种目光远大、心思缜密的家长，而只是一个普通的父亲罢了。对于我的女儿，我只希望她健康、快乐地生长，丝毫不想在她身上施展我的宏图。

家庭教育是人的一生教育的起点和基础，具有学校教育不可替代的重要性。在这个意义上，我也认为好父母胜过好老师。不过，什么是好父母，人们的观念截然不同。我自认为是一个好父亲，理由仅仅在于，当女儿幼小时，我是她的一个好玩伴，随着她逐渐长大，我在争取成为她的一个好朋友。我一向认为，做孩子的朋友，孩子也肯把自己当作朋友，乃是做父母的最高境界。至于在我们之间，谁是老师，谁是学生，还真分不清楚，我只能说，我从她学到的，绝不比她从我学到的少。

做人和教人在根本上是一致的。我在人生中最看重的东西，也就是我在教育上最想让孩子得到的东西。进一个名牌学校，谋一个赚钱职业，这种东西怎么有资格成为人生的目标，所以也不能成为教育的目标。我的期望比这高得多，就是愿她成为一个善良、丰富、高贵的人。

五

如此看来，这是一本很普通的书了。的确很普通，但凡做父母的，只要有足够的细心和耐心，会写字，谁都可以写这样的一本书。然而，它并不因此就没有了价值，相反，也许这正是它的价值之所在。

世上已经有太多的书，讲述各种伟大的真理、精彩的故事、成功的楷模，我无意加入其列。我只想叙述平凡的生活，叙述平凡生活中的一个珍贵的片断。人们大约不会认为这只是一本谈育儿的书吧。但愿在读了这本书以后，有更多的人相信，伟大、精彩、成功都不算什么，只有把平凡生活真正过好，人生才是圆满。

世代交替，生命繁衍，人类生活的基本内核原本就是平凡的。战争、政治、文化、财富、历险、浪漫，一切的不平凡，最后都要回归平凡，都要按照对人类平凡生活的功过确定其价值。即使在伟人的生平中，最能打动我们的也不是丰功伟绩，而是那些在平凡生活中显露了真实人性的时刻，这样的时刻恰恰是人人都拥有的。遗憾的是，在今天的世界上，人们惶惶然追求貌似不平凡的东西，懂得珍惜和品味平凡生活的人何其少。

所以，我的这本书未尝不是一个呼唤。

六

最后，我要对女儿说几句话。

宝贝，我要你记住，你是一个普通的女孩。我之所以写你，不是因为你多么特别，只是因为你是我的女儿。在写你的这本书出版以后，你也仍然是一个普通的女孩，不会因为这本书而变得特别。

当然，我也只是一个普通的父亲，与别的爱自己孩子的父亲没有什么两样。我写这本书，不是因为我是作家。我不是作家，也一定会写这本书，只因为我是你的爸爸。这是一个普通的父亲为他所爱的女儿写的一本书。

一个普通的父亲，爱他的一个普通的女儿，这是我写这本书的全部理由。

爱，这一个理由已经足够。

在这本书里，我只写了你从出生到刚上小学的事情。宝贝，你还记得吧，我们有一个约定，往后的事情，将来由你自己来写。爸爸的想法是，将来你不一定要写书，写不写书不重要，爸爸从来没有想把你培养成一个作家，只希望你成为一个珍惜自己生活经历的人。读了这本书，如果你不但为其中写的你幼小时候的事开心一笑，而且领略到了记录生活的魅力，养成写日记的习惯，我会非常高兴的。你将慢慢体会到，一个认真写日记的人，生活的时候是更用心、更敏锐、更有自己的眼光的，她从生活中获取的更多，更是生活的主人。

2009.11

圆满的平安夜

今年春天，女儿养了两只小鸭，一黄一黑，她称它们为小黄和小黑。小黄不几天就死了，小黑的身体也不健壮，在妈妈的建议下，她把它放养在陶然亭公园的湖里了。

我常到公园散步，每次必去探望小黑。我发现，那里放养的家鸭，除小黑外，还有一只黑的和一只黄的，它们聚在大湖旁的一个池塘里，一天天长大。不久后，它们都长成了大鸭，两只黑鸭非常漂亮，一身黑亮的羽毛，尾羽两侧却雪白，颈羽闪着蓝光，看上去很像公野鸭。我真为我们的小黑自豪。

后来，它们突然从池塘里消失了。我终于发现，原来它们转移到了大湖里，加入了野鸭的队伍。那只黄鸭总是游离在队伍的边缘，两只黑鸭却非常合群，混在野鸭群里几乎乱真，但我心里清楚它们是家鸭。

冬天来了，11 月初的那三场大雪之后，湖面冰封了。我很担心这三只家鸭的命运，野鸭能飞走，它们怎么办呢？好在天气突然转暖了，已经冰封的湖面迅速解冻了，奇迹般地重现了满湖碧波的景象。家鸭们又有几天好日子过了，我看见它们和野鸭一起在湖中逍遥地游弋。

但是，好运不会久留，我心中仍充满忧虑。12月上旬，气温骤降，湖面又冰封了，冻得严严实实。湖上已不见鸭的踪影，野鸭一定飞走了，三只家鸭去哪里了呢？

一天早晨，我再去公园，看到了悲壮动人的一幕：在靠岸的冰面上，有四只鸭子，其中两只正是那两只漂亮的黑家鸭，而另两只竟是母野鸭！它们已经彼此结成了伴侣，而为了爱情，这两只母野鸭毅然守着自己的异类丈夫，不肯随同类飞往温暖的远方。现在，两对情侣无助地站在冰上，瑟瑟发抖，命在旦夕。

我久久地站在岸上，为我看到的景象而悲伤，而自责。当初若不把小黑放养在湖里，至少会少一个殉情者啊。我不知道该怎么办，听任不管是悲剧，拆散它们也是悲剧。

这天之后，那只黄家鸭再也没有出现。它是一只母鸭，长得很肥，我听几个老人站在岸上议论，其中一个老妇做了一个朝嘴里送食物的手势，笑着说：已经被“米西”了。我心中一痛，知道等着小黑的命运不是冻死，就是也被“米西”。

万般无奈，我只好在博客上呼救，请动物保护人士用最妥善的办法救救这两对情侣。新浪主页把我的博文放在了首页上，反应强烈，众声喧哗，但无人能提出实际可行的办法。

我仍天天去看这两对情侣。天气越来越冷，它们坐在冰上，都垂着脖子，看样子有些坚持不下去了。第四天，我看到的情景又一次出乎我的意料：冰上只有两只黑家鸭了，那两只母野鸭飞走了。

我想起了一位朋友的冷嘲之语：世上哪有永恒的爱情！真是这样的吗？我仿佛看见，两只母野鸭终于看穿自己的家鸭丈夫不是同类，于是义愤填膺地痛斥它们是骗子，怒而起飞，两对情侣不欢而散。

不，不会这样的，它们不是人类，不会如此无情。实际的情形更可能是，它们实在熬不下去了，为了自保，只好向家鸭丈夫挥泪话别，许诺下辈子投生家鸭，重结良缘，然后依依不舍地飞离，一边还泪汪汪地回头张望。

唉，不管哪种情形，可怜的丈夫们终归是被遗弃了，从此只好独自受难了。

不曾料到，这个悲剧故事再次发生了喜剧性的转折。就在遭到遗弃的第二天，天气又一次转暖，岸边的冰化冻了，两只公家鸭悠闲自在地站在靠水的冰上，吃着游人抛过去的食物。第三天，一只母野鸭飞回来了，从此天天守着两只公家鸭没有再离开。有趣的是，这一母二公永远保持着固定的队形，一母居中，二公在两侧，仿佛彼此有一个温暖的约定。在我的想象中，当初这只母野鸭无疑属于挥泪而别的情形，而那只一去不返的母野鸭则很可能属于不欢而散的情形。看来，和人类一样，禽类的个体也有多情和寡情之别。

三只鸭子的命运成了我们一家人每天讨论的题目。躲得了初一，躲不了十五，必须给它们寻找一个新家。妻子突然想到了“锦绣大地”。这是位于京西的一个大农场，那里有一片辽阔的人工湖，湖水循环，常年不冻，湖中养着天鹅等珍禽。她立即给我们的朋友于基打电话，于基慨然允诺，不忘以他一贯的风格调侃说：“让国平除了关心鸭子，也关心一下人，有空来看我们一眼。”

太好了，鸭子得救了。可是，怎么把它们捕捉到手呢？我们和公园管理处联系，说明情况，他们同意我们捕捉，但表示爱莫能助。这三只鸭子总是在水那边的薄冰上活动，我们购置了捞鱼的大网，但一旦靠近，它们立即朝远处走去，网杆根本够不到。它们当然不会知道我们的一番好心。

只能等待。我仍然天天去看，准备相机行事。我在等再次降温，冰结得更厚实了，就可以走到冰上去捕捉了。不过，那时候，别人也很容易捉到它们，所以必须盯紧，我仿佛看见有许多双食客的眼睛也在盯着它们。

天越来越冷了，开始有人在冰上走了，但鸭子所停留的地方冰还比较薄。有一天，我在原处找不到它们了，心情无比沉重，好在只是虚惊一场。妻子和女儿去寻找，在附近一座小桥下发现了它们，那里风大，湖水未冻，成了它们的新避难所。

今天上午八时，我进公园，又大惊失色。但见那一只母野鸭孤零零地站在冰面上，仰着长脖子，嘎嘎地哀鸣，两只公家鸭没有了影踪。一位老先生站在我旁边，也在看哀鸣着的母野鸭，我听见他嘟哝道："怎么把那两只鸭子都抓走呢，它没有伴了。"我赶紧问："谁抓走的？"他指给我看正在对岸走的一个老妇，那老妇手中提着一只红布袋。我冲上小桥，老妇恰好迎面走来，狭路相逢，我一把夺过她手中的布袋。周围有好几个老人，纷纷谴责她。她讪讪地解释道，她不是抓回去吃的，是怕它们过不了冬，要带回家养起来。老妇面善，我相信她的话。经我说明原委，她把鸭子放了。

幸亏今天我是在老妇捉鸭子的这个时刻去公园的，早一点儿或晚一点儿，它们的下落就成了永远的谜。事不宜迟，必须立即行动了。傍晚，我和妻子去公园把两只公家鸭捉回了家。本想把母野鸭也一齐捉了，但它飞了起来，落在远处的冰上，也是仰着脖子嘎嘎地哀鸣。对它倒不必太担心，它自己会飞往温暖的地方的，当然，我们更希望它能辨识路径，去和它的伴侣团聚。

回到家里，我们把两只鸭子放在浴室里，给它们拍照，女儿也和它们合影。自从春天放养后，小黑是第一次回家，当初系在它的一条腿上的小白绳还在呢，因为日晒雨淋，已经变成黑色。它们都很惊慌，仿佛大难临头似的，哪里想得到是天大的好事在等着它们。

十五分钟后，我和妻子上路，驱车向“锦绣大地”驶去。到了那里，天色已黑，在车灯的照射下，可以看见湖上波光粼粼，不远处的小岛上停留着一只孔雀。我们把纸箱打开，把两只鸭子抱起来，放到湖岸上。只见它们都立刻张开了翅膀，一边欢快地嘎嘎叫着，一边向湖里扑去，两个背影依稀可辨，一眨眼就没了踪影。我永远忘不了它们展翅向湖里扑去时的快乐模样，在把它们放到湖岸上的那一瞬间，它们显然立刻明白了事情的真相。这是一个无比幸福的瞬间，分不清是鸭子更幸福还是我们更幸福。

一个多么圆满的平安夜。在这同一个夜晚，我的新作《宝贝，宝贝》也写完了最后一个字。

2009.12

春节，把心静下来

一

答应写一篇关于春节的文章，坐到电脑前，才发现答应得太冒失。

要命的是，我这个人好像是不过春节的。

在我的记忆中，过春节还是小时候的事情。那时候，一临近过年，爸爸妈妈就忙碌起来，开始置办年货，而我们这几个孩子则兴奋地围着他们转。对于我们来说，过年首先意味着能够吃到好东西了。其实，所谓好东西，不过是花生、糖果、糕点之类罢了，在那个贫困的年代，这些东西平时不易吃到。当然，还有一顿丰盛的年夜饭，还有年初一早晨的汤圆。上海人称汤圆为圆子，除夕那天，家家户户都从房间角落里搬出小石碾，把浸泡好的糯米磨成粉，包出一批豆沙馅、芝麻馅和猪肉馅的圆子备用，那是最有节日气氛的情景。圆子是大馅的，个儿比一般元宵大许多，非常好吃。除了吃，过年还意味着可以穿上新衣裳，跟父母走亲戚，再奢侈一点儿，到城隍庙买一盏灯笼，到“大世界”看一场戏。

我对过年的兴趣随着年龄增长而递减，至少从上中学开始，过年就不太能让我兴奋了。我喜欢独处，喜欢看书，过年的热闹让我烦。这副落落寡合的脾气在上大学后达于顶点，过年时，寒假留校的同学聚在一起玩闹，唯有我躲进了阅览室里。走出校门，在广西一个小县工作许多年，基层的环境愣是没能把我改造过来。逢年过节，人们照例是聚餐打牌，我把自己关在我的小屋里，热闹海洋中的一座安静小岛，这真是美好的时光，说不尽的寂寞，说不尽的充实。我不认为我这种喜静不喜闹的性格是优点，实际上它也让我吃了一些苦头，只是天性如此，只好顺其自然。

自从我自己当了爸爸，我对春节乃至各种节日又重视了起来，那当然是为了让孩子高兴。由此我明白，当初我的爸爸妈妈兴冲冲地为过年忙碌，其实动力也是我们这几个孩子的企盼。孩子是节日的主人公，一切欢乐的节日同时也都是儿童节。节日的来由各不相同，都是神给孩子的礼物。在孩子惊喜的眼睛里，我看到了春节和一切快乐节日的最可爱的价值。

二

其实我知道，节日是应该热闹的，不热闹不成其为节日。尤其一个民族最重要的传统节日，那基本上就应该是狂欢节。在古代，许多民族都有类似于狂欢节的盛大节日，其特征是打破日常的禁忌，让平时受压抑的原始本能尽兴释放出来，人仿佛回到了自然状态。要说热闹，今天文明民族的节日哪里能和这些古代的节日比。

就热闹程度来说，现在的春节也大不如从前了。从前的春节，从除夕到元宵，连续半个月，是一个长长的节日，到处张灯结彩，鼓吹喧天，开庙会，演百戏，一片喜洋洋。冬去春来，这个农业民族的休整期即将结束了，春节是一年忙碌开始之前的最后的狂欢。

相比之下，现在的春节，不但时间短多了，而且欢度的方式也相形见绌，庙会、游乐、宴席都成了商机，失去了普天同庆的民俗意味。

生命需要欢乐，平凡的日常生活需要用节日调剂，热闹无可非议。可是，倘若人们平时的日子就过得十分热闹，过节又当如何？我们的先辈日出而作，日入而息，生活的节奏与自然一致，日子过得忙碌然而安静。对于他们来说，节日是忙碌中的休憩，安静中的热闹。现代人却忙碌得何其不安静，充满了欲望、焦虑、争斗、烦恼。在今天，相当一部分人的忙碌生活是由两件事组成的——弄钱和花钱，这两件事制造出了一系列热闹，无非纸醉金迷、灯红酒绿、声色犬马。人生任何美好的享受都有赖于一颗澄明的心，当一颗心在低劣的热闹中变得浑浊之后，它就既没有能力享受安静，也没有能力享受真正的狂欢了。这样的人能够怎样过节呢？不过是把平时那种低劣的热闹放大，从而使之变得更加低劣罢了。

当然，这只是一部分人。但是，我们不能不承认，在今天，日子过得忙碌而热闹是一种普遍状况，人们把太多的精力花在挣钱和消费上面了。针对这种情况，我的建议是，在春节长假里，不但停止忙碌，而且停止热闹，不去旅游热点，不去娱乐场所，就坐在自己家里，与亲人相对，最多邀二三好友，过一个清静的节日。节日应当不同于平时，昔人静极而动，我们动极而静，不都是合乎逻辑的吗？

三

通宵达旦地坐在喧闹的电视机前，他们把这叫作过年。

我躲在我的小屋里，守着我今年的最后一刻寂寞。当岁月的闸门一年一度打开时，我要独自坐在坝上，看我的生命的河水汹涌流过。这河水流向永恒，我不能想象我缺席，使它不带着我的虔诚，也不能想象有宾客，使它带着酒宴的污秽。

我写上面这一段文字，应该是在二十年前了吧。从那时到现在，岁月的闸门又打开了许多次，我的生命的河水已经流走了太多。每到旧年离去、新年到来，我都会感到一种莫名的惆怅。我对守岁的理解与许多人不同。许多人的守岁，是大家聚在一起，往往还是聚在电视机前——二十年后的今天仍然如此——看着“春晚”，等着那一记钟声，犹如一声令下，大家一齐欢呼、拥抱、祝福。这是什么守岁啊！世上哪有众人共有的“岁”啊！也许他们守的是新岁，那随着一记钟声而开始的新的一年，因为尚未打上任何人的生命印记，因此尚可说是大家共有的。可是，真正应该守的是旧岁，那离去的一年，对于每一个人来说，它都是独特的，是他的生命的一个不可重复的片段，铭刻着他的特殊的悲欢和经历，而它却永远地消逝了。守岁是一种诀别，必须独自面对，一个人怎么能把自己生命的如此珍贵的片段和众人的片段混在一起，让它不明不白地消逝，因而真正消逝得无影无踪呢。

所以，在我看来，过年是一个机会，它提醒我们，岁月易逝，生命有限，这岁月不是笼统的岁月，而正是你的岁月；这生命不是抽象的生命，而正是你的生命。你也许有点儿伤感，但有点儿伤感没什么不好。你必须心疼你的生命，才会好生照料它，必须怜惜你的昨天，才会珍惜你的明天。在平时的匆忙中，我们的那个最本真的自己往往遭到了忽视和冷落，甚至可能迷失了，那么，现在让我们把它找回来，让我们亲近它、爱护它，带着它重新上路，从此不再把它丢失。

一年忙到头，忙于劳作，忙于交往。过年的时候，劳作暂停了，交往也节制一点儿吧，无论外面多么热闹，也给自己留一点儿独处的时间吧。把心静下来，与正在离去的旧的“我”道一个别，向正在到来的新的“我”许一个愿，这岂不是处在新旧之交的此时此刻的“我”最应该做的事？看见有的人用大量应酬和交际把春节填得满满的，不给自己留一点儿时间，我实在费解，他们真是太不把自己当一回事了。

四

人最宝贵的东西，一是生命，二是灵魂。人生最美好的享受，一是生命的祥和，二是灵魂的安宁。如果说独处是享受灵魂的安宁，那么，团圆便是享受生命的祥和。中国人是最看重家庭的，节日的重要功能之一是团圆。春节尤其如此，无论相距多么远，一定要日夜兼程，风尘仆仆，只为在除夕之前赶回家，一家人在一起吃一顿年夜饭。倘若有人缺席，在场者和缺席者都会觉得是极大的遗憾。

用现代标准看，小家庭——夫妻及未成年子女——能团圆就可以了，而团圆应是常态，不限于过年之时。曾经有一个时期，在城镇人口中，夫妻两地分居十分普遍，并且人为地不予解决，只好盼在春节时相聚，而农民中绝无此种现象。现在情况正相反，城里人很少分居了，可是，农民的小家庭几乎没有不妻离子散的。一年一度的“春运”，基本上就是农民工的回乡和返城大潮。他们只在春节才有假期，才能团圆，又有什么办法呢。他们为城市化付出了太大的代价。

我无法破解这样的难题。我只能说，亲情是人生的重要价值，人人都应有权享受，而享受到的人都应懂得珍惜。

2008.12

一曲有保留的赞歌

一

必需品与奢侈品的界限真是非常相对的。有一些东西，今天已经成为普通人的生活必需品了，退回到二十年前，即使上流人士也是做梦想不到要拥有的。

最显著的例子是手机。

就说二十年前吧，我研究生已毕业，住在单位的宿舍里。那时候，普通家庭安座机电话的也不多，因为初装和月租是一笔不小的开支。与亲朋的联络，主要靠公用电话。小区里的公用电话，一般设在自行车的存车处，由看车人代管。若有电话打进来，看车人就到宿舍窗户外大声呼唤，这叫作传呼电话。一听到传呼，我必须立即放下手头的一切，向存车处狼狈冲刺。公用电话用的人多，去迟了，电话被挂断，往往要等很久才轮上打。

居住在同一个城市里，联络已如此不方便，异地就更甚了。打长话是一件很奢侈的事，轻易不敢问津。有紧急的事情，就发一封电报，为了节省费用，挖空心思把字数减到最低限度，被称作电报文体。出差在外，人分两地，多么想念也只好忍着，分离得长久就写信倾诉，雁书往返。

其实，我和我的同龄人，一生中多半岁月都是这么过来的，说不方便仅是现在回头去看的感想，当时大家都觉得很正常。曾几何时，传呼电话已是遥远的记忆，电报也差不多成为古董了。今天的年轻人在手机普及的环境里生长，他们一定会觉得用手机联络是天经地义之事，难以想象曾经有过那么原始的通讯时代。那么原始！可那不过是一二十年前啊！

的确，信息技术发展之快，其产品普及之神速，令我们不能不为之惊叹。手机刚在市场上出现，形状如一块笨重的砖头，俗称大哥大。我猜测，如此命名的含义，一是因为体积大，二是因为大款才买得起。当时在街上常常可以看见这样的景象：一个生意人把脸贴在这么一个乌黑的重家伙上，扯着嗓子喊叫。为什么要扯着嗓子呢？大约因为那时无线传送的信号太弱吧。我相信，看见这个景象的人，不管心里是鄙夷还是羡慕，多半不会想到自己不久后也将拥有手机，而且其外观之美丽、体态之灵巧、性能之先进，都是大哥大望尘莫及的。如今，手机已经普及到了这个程度，即使是农民工、保姆、收废品的，也都基本上人手一部。不分阶层、地位、职业，大家似乎一致感到，倘若没有手机，这日子简直没法儿过。

人们已经习惯于使用手机，而习惯成自然，手机已经成为名副其实的生活必需品。随身携带手机，随时随地可以找到自己要找的人，随时随地可以和亲朋通话，随时随地可以谈生意、诉衷情、拉家常，我们从前没有这样的需要，这些需要是手机制造出来的。手机雄辩地证明了技术的威力，它不但满足人的需要，而且创造人的需要。

二

在手机之后，应该说一说电脑。

如果从蔡伦造纸算起，纸笔的使用将近两千年了。两千年里，人类一直是用笔把文字写在纸上，这样来传递和保存信息、思想、作品的。倘若塞万提斯、歌德、托尔斯泰复活，来到今天的书房，看见作家们一个个都眼睛盯着屏幕在敲键盘，一定会惊诧不已。不用说过去世纪的作家了，即使活在当代的我，与纸笔为伴几十年，何尝想到有一天书桌上放的不再是纸笔，而是一台电脑。

我从 1994 年开始用电脑写作，算比较早的。不好意思的是，我这个一向自称对现代文明怀有警惕的人，用上以后竟再放不下了，离开了电脑简直不愿写也不会写任何东西。和纸笔相比，电脑真是既快捷又方便。以前用笔在稿纸上一格一字地写，自嘲为爬格子，着实辛苦。当时最头疼的有两个问题。一是修改，在稿纸上涂涂改改，经常涂改得面目全非，只好换一张稿纸从头再来。二是留底，稿子邮寄出去，寄丢了就白写了，即使没有寄丢，编辑给你乱改，你的原版从此在世界上消失，所以底稿是一定要留的，但无论誊抄、复写还是去单位复印，都十分麻烦。有了电脑，这两个问题不复存在，在电脑上增删挪移，页面始终整洁美观，完稿后保存和备份也不费吹灰之力。有一段时间，还必须打印出来再邮寄给编辑，伊妹儿诞生之后，这也不需要了，鼠标一点，稿子立即进编辑的邮箱，何等便捷。

当然，用电脑写作也有烦恼，比如说，因为病毒或故障，保存的文档打不开了，甚至不翼而飞了。在用电脑的十几年里，我丢失过一些文稿，很是心疼。当年刚用电脑，中文软件好像叫 WPS，后来屡屡换代，这种软件早已绝迹，而我又没有及时转换文档格式，使得若干早期文稿永远成了乱码。不过，算起总账来，得还是远大于失，而技术产生的问题也总可以通过技术的进步得到解决。

我这里说的是电脑给文字处理带来的变化，至于图像的处理，变化就更大了。对于老百姓来说，摄影曾经是一件比较奢侈的事情，从买胶卷到冲洗，成本颇高，也就节假日玩玩而已。随着数码相机的诞生和普及，摄影已经成为一种最大众化的业余爱好。既然可以随意选留所拍的影像，拍摄时心态就非常放松，而拍摄完了存入电脑，在屏幕上就可以欣赏。配一台打印机，还可以自己打印，彻底摆脱了对照相馆的依赖。数码技术发展之快，功能之先进，已大有淘汰光学相机的趋势，使得专业的摄影家也纷纷从暗室中解放出来，变身为电脑工作者了。

三

天哪，还有互联网！在互联网面前，上述种种都显得微不足道了。

什么是全球化？互联网就是全球化。打开网页，全世界今天发生的事立刻呈现在眼前。有一台安装宽带的电脑，或者一部可以上网的手机，无论身在何处，世界各地的新闻全在你的囊中了。互联网真正使天涯变成了咫尺。

互联网带来的变化是说不尽的，它不但使你可以不出门而知天下事，而且使你可以坐在家里办公、购物、炒股、交友。通过互联网，政府向老百姓发告示，老百姓向政府发牢骚。也通过互联网，无数潜在的作家有了发表自己的小情调或大手笔的场所。

可是，对于互联网，我到底知道些什么？我必须承认我的无知，因为我上网太少,连自称网民的资格也没有。我上网仅限于做两件事。一是有目的地搜索资料，为此我感谢搜索引擎的发明，它的确提供了极大的方便。二是写博客和看留言。我同样感谢博客，历史上从来不曾有过这样的情形，一个写作者能够如此迅速地听到众多读者的评论和心声。

然而，仔细一想，我对手机和电脑又知道些什么？我是很晚才有一部手机的，而且平时不开机，基本上只用来收发短信，因为我怕有太多的打扰。我用电脑虽然比较早，但也基本上只用来写作，因为我没有工夫用它干别的。我对手机和电脑的诸多功能是陌生的，这些功能对于我等于不存在。

这种情况好不好呢？我想，至少对我来说是好的，我借此既让这些现代化信息设备为我所用，又避免了它们对我可能产生的害处。什么害处？比如说，我无法想象自己成为一个寄生在网络上的网虫，一个耽于电脑游戏的玩主，一个总在接听手机的忙人。尽管如此，我仍不能躲避掉所有的害处，其中之一是，我不再有手稿，和朋友之间也不再有本来意义上的书信往来。偶尔翻出所保存的从前的手稿和朋友来信，看着这些渐渐发黄的纸和渐渐变淡的字迹，心中不禁怅然。

我为信息化时代唱赞歌,但有所保留,唱的是一曲有保留的赞歌。

2008.9

第六辑

爱在人间

爱在人间

1. 相遇是一种缘

人与人的相遇，是人生的基本境遇。爱情，一对男女原本素不相识，忽然生死相依，成了一家人，这是相遇。亲情，一个生命投胎到一个人家，把一对男女认作父母，这是相遇。友情，两个独立灵魂之间的共鸣和相知，这是相遇。

相遇是一种缘。爱情、亲情、友情，人生中最重要的相遇，多么偶然，又多么珍贵。

2. 不胜唏嘘

茫茫宇宙中，两个生命相遇和结合，然后又有新的生命来投胎，若干生命相伴了漫长岁月，在茫茫宇宙中却只是一瞬间。此中的缘和情、喜和悲，真令人不胜唏嘘。

3. 真爱的人间性

多么纯粹和热烈的爱，只要是人间的真实的爱，就必然具有人间性，沾染了人间的烟火味。不但亲子之爱，而且一切人间之爱，包括恋人的情爱、佳侣的恩爱，人间性都是必有的性质。如果罗密欧与朱丽叶真能喜结良缘，日久相伴，两人一定也会发生或大或小的摩擦。我们都生活在现象之中，都只能通过现象来体悟本质，没有人直接生活在爱的本质之中。如果有谁把自己的生活当作爱的本质展示给人们看，不用说，那肯定是在作秀，而且做得很不高明。

可恨又可爱的现象世界啊，给我们快乐和苦恼，给我们昨天和明天，还给了我们不确定性。

4. 在小爱中实现大爱

我所相信的纯粹的爱情，第一，纯粹中必包含不纯粹；第二，它又应该被不纯粹的整体性人间情怀所包含。天空和大地理应浑然一体，广义地说，这天空是一生的灵魂追求，这大地是一生的尘世经历，而不限于两个人的情和家。

心有大爱的人，不会因为当下一个无论多么热烈的爱情，而否认曾经的人间情感对于自己生命的珍贵价值。

以大爱之心珍惜人生中一切美好的相遇，珍惜已经得到的爱情、亲情和友情，如此在每一个小爱中实现大爱的境界。

5. 顽皮的上帝

我心目中的上帝是顽皮的，富有游戏精神。在他眼里，尘世上最庄严的仪式也是过家家，最动人的爱情故事也是人间喜剧。

爱情的法则

1. 仅仅三观一致是不够的

爱情是两个作为整体的人之间的情感关系。在这个情感关系中，两人的世界观、人生观、价值观是否一致，一致到什么程度，肯定会产生重要的作用。所谓高质量的爱情，一个必要条件是一致的程度高。

但是，爱情又不只是三观一致的事情。两人三观一致，未必能产生爱情，一致是必要条件，不是充分条件。在爱情的发生中，性吸引和审美方面的强烈感受也起着重要作用，甚至是更重要的作用。

2. 最好的爱情可遇不可求

爱情是有质量之别的，最好的爱情是两个本来就仿佛有亲缘关系的灵魂一朝相遇，彼此认出，从此不再分离。无论在什么样的时代，这样的爱情都是稀少的。这并不奇怪。第一，前提是这两个灵魂是优秀的，如果不优秀，那算什么灵魂呢，对彼此的灵魂又会有什么寻求和辨识呢。第二，这样两个灵魂的相遇要靠运气，错过的可能比相遇的机会大得多。

所以，这样的爱情是可遇不可求的。你无法去寻找，遇上了，你就像命中注定一样不能再放弃。

3. 追求完美的冲动

在拥有真实爱情的前提下，追求完美是一种必然的冲动，但其作用主要是否定性的。结果未必是完美，或者说，完美与否并不重要，透底地说，完美与否是没有标准可以衡量的。我说的否定性作用是指，追求完美意味着虔诚地守护爱情，绝不做有损爱情的事情。它的主要成果，一是自律（用理性锁定易变的感情），二是宽容（爱和理性合力创造两人之间的自由空间）。这两点本身有助于使爱情持久和美好。

4. 美好，幸运，伟大

在某婚礼上，我作为证婚人讲了三句话。一、真爱都是美好的。一个男人和一个女人，仅仅因为相爱在一起，不管结婚不结婚，不管时间长短，都是人生中的美好经历。当然，时间短毕竟是遗憾，所以——二、因相爱而结婚不但是美好的，而且是幸运的。结婚意味着两人不但是恋人，而且是亲人了，要携起手来共同走人生之路了。但是，考验在后面，所以——三、婚后仍能终身相爱不但是美好的、幸运的，而且是伟大的，一个好婚姻经受住了漫长岁月的考验，是人生的伟大成就。

5. 永远不要怨恨

两人因为相爱在一起，不管时间久暂，都是美好的。有朝一日分手了，请不要互相怨恨，而应该感谢对方给了你一段美好的时光。有人说，到头来发现，对方其实并不真爱自己，只是利用和欺骗了自己。我说，即使如此，你也不要怨恨，而应该蔑视。怨恨仍是强烈的感情，人生的一个重要原则是节省感情，蔑视就是不动感情，不把感情浪费在不值得的人身上。

6. 浪漫的恋情

浪漫的恋情是一种非常规的美好体验，如果试图把它变成常规，就不再美好，甚至有害。这种情况与醉酒、吸毒、白日梦相类似。

7. 爱情的专一

在爱情中，专一不是预设的目标——预设了也没有用，而是主观相爱程度和客观情势共同作用的一个结果。

爱情的专一可以有两个含义，一是热恋时的排他性，二是长期共同生活中彼此相爱的主旋律。在这两个含义之外苛求爱情的专一，我认为是对人性的无知。

爱情史上不乏忠贞的典范，但是，后人发掘的材料往往证实，在这类佳话与事实之间多半有不小的出入。我对自己说：这就对了，他们不是神，都是人。

8. 对人性的无知

他的两次婚恋之间有交叉，旧的婚姻未结束，新的恋爱就开始了，人们因此谴责他不道德。这些人在人性和情感的问题上是多么无知、多么专断啊。事实上，在性爱中，因为新的恋情的发生，当事人陷入矛盾之中，然后做出抉择，这是常态，甚至几乎是规律。真实的爱情不是做数学题，有公式可循，由已知解未知，毋宁说在这里未知是真正的未知，并无确定的答案，当事人必须自己给出答案并承担其后果。按照这些人的逻辑，一个人似乎必须头脑清醒，意志坚强，果断地结束前一个婚恋，然后去寻找下一个恋情。在我看来，这样一个人不啻是铁石心肠，岂不更可怕。

9. 最好的方式

爱一个人的最好的方式：把她（他）当作独立的个人尊重她，把她当作最亲的亲人心疼她。

爱情成正果

1. 真爱是什么感觉

男女之间，真爱是什么感觉？有人说，必须是如痴如醉、要死要活，才可算数。这种激情状态当然很可贵也很美好，但一定是暂时的，不可能持久。真正长久和踏实的感情是这样一种感觉，仿佛两人从天荒地老就在一起了，并且将永远这样在一起下去。这是一种当下即永恒的感觉，只要有这种感觉，就是真爱。

2. 爱情怎样算成正果

爱情一定是以亲情为指向和归宿的，其终极目标是在人世间寻找那个最亲的亲人，两个人相依为命，共度此生。结婚以后，如果恋爱时的激情渐渐转化成了牢不可破的亲情，两个人之间始终是最亲的亲人这个感觉，爱情就成了正果。婚后长久相处，摩擦难免，只要这个感觉牢固，婚姻就是对头的。亲情不是爱情的消亡，而是爱情的升级版。

相反，如果不能转化，激情消退之后，亲情并未产生，双方怎么也不觉得对方是亲人，那就意味着这个婚姻是失败的，不如趁早散伙。

3. 亲人，友人，路人，仇人

情人为何会分手？我的回答是：因为变不成亲人。当然，变不成亲人，也还可以变成友人，这往往发生在两个通晓人性而又珍惜情谊的人之间。比较可悲的是变成路人，从此不通音讯，曾经的情谊烟消云散，不留痕迹。最坏的是变成仇人，确证了两人或其中一人档次太低，把本应美好的记忆彻底毁掉，反而成了痛苦和耻辱的记忆。

夫妻为何会离异？我的回答是：因为没有了亲人的感觉。如果亲人的感觉还在，即使其中一方移情别恋，也一定会万分踌躇，难下离异的决心。相反，如果双方已不是亲人的感觉，而是友人的感觉，离异就会是一个理性的决定。当然，如果双方已成路人甚至仇人，不离异就太荒谬了。

4. 向已婚男人提问

问已婚男人一个问题：在这个世界上，谁是最使你心旌摇曳的女人？你说不是你老婆？这很正常，你不必惭愧。再问一个问题：在这个世界上，你心目中最亲的亲人是谁？你说是你老婆？很好，这就够了，说明你最爱的仍然是你老婆。

性的境界

1. 性的三种境界

在性的满足上，人和动物是相近的。如果说有不同，体现在两点上。

其一，在动物那里，两性关系是很单纯的，只是生理需要及其满足，诚然也会有争夺配偶的斗争，但绝对不会有金钱、财产、地位、权力等因素夹杂在其中。只有人才会在两性关系中掺杂进利益的计算和交易，结果败坏了那种原本单纯的肉体快乐。在这一点上，人不如动物幸福。

但是，其二，人可以把性升华为爱情，在精神上互相吸引和欣赏，获得精神的快乐。在这一点上，人比动物幸福。不过，两性关系的单纯是前提，如果利益至上，这个更高的方面就无从谈起。

由此可见，对于人来说，好的性爱有两个要素，一个是纯粹身体的吸引和快乐，一个是纯粹心灵的共鸣和愉悦，而利益的介入对两者都是破坏。我们据此可以把性分为三个境界：最佳境界是身心合一，肉体的快乐和精神的快乐彼此交融，互相强化。次好境界是单纯作为动物享受肉体的快乐。最差境界是出于利益的苟合，把做动物的快乐和做人的快乐都丧失掉了。

2. 性欲的精神性

人有两大欲望，食欲和性欲，科学与食欲相关，艺术与性欲相关。科学的原动力是食欲及其变形，它指向征服外物，目的是个体和种族的物质生存，与对象是一种狭义的功用关系。艺术的原动力是性欲及其变形，它指向自我享受，目的是个体和种族的生命繁衍，与对象是一种广义的情感关系。相比之下，性欲是更精神性的，可以从生命的创造升华到艺术的创造。用形而上学的语言说，性欲就相当于个体所秉承的宇宙生命的创造冲动，它同时是一种精神能量。

3. 保护自然情感的单纯

凡是出于自然需要而形成的人际关系，本来都应该是单纯的，之所以变得复杂，往往是权力、金钱等因素掺入其中甚至起了支配作用的结果。比如爱情，即使是其最复杂的情形，诸如婚外恋、三角恋之类，只要当事人的感情是真实的，的确是立足于感情来处理互相的关系的，本质上就仍是单纯的。可是，现在官场上大量包养情妇、权色交易的现象，娱乐圈乃至大学里普遍存在的性索贿的“潜规则”，当然一点儿不单纯了。自然情感的领域遭到了如此严重的污染，这是今天最触目惊心的事实，更可悲的是，人们对此仿佛已经习以为常、视为合理了。

4. 失乐园

马克思说，男人和女人之间的关系是最自然的关系。其实，还有一种关系比男女关系更加自然，就是亲子关系。男女关系要保持纯粹不太容易，因为都是成年人，必定会有社会的因素掺杂进来。不必说婚姻，因为婚姻本身是一种社会关系，两人订立共同生活的契约，在一定程度上不能不考虑经济条件、家庭发展前景等社会的因素。单说性爱，不管是否准备结婚，哪怕是婚外情、一夜情，单纯因为性吸引而发生的有多少？乐园早已失去，今日的亚当和夏娃多半在生意场上相逢。

5. 对不仁不智者说

经历过了许多女人，你就懂女人了吗？更成问题的是，你就懂爱情了吗？数量不说明什么，也许还说明了相反的什么。如果你一生中从未深入地爱过一回，你谈女人和爱情其实都是在谈你的欲望。唯有深入地爱过的人，不管他最后对女人和爱情是褒还是贬，他的意见必含有片面的真理。女人和爱情本来就是无法定义的，必定见仁见智，但仁者才能见仁，智者才能见智，如果你不仁不智，你是仁智都见不到的。

6. 两把尺子

衡量两性关系有两把尺子。一是法律，凡是不违背法律的行为，均应视为私事，他人不得强行干涉。二是道德，对一切真实的感情不可作道德判断，唯有感情上的不诚实或者借感情之名牟利才是不道德的。

7. 男女友谊与性

在男女之间，凡亲密的友谊都难免包含性吸引的因素，但未必是性关系，更多是一种内心感受。交异性朋友与交同性朋友，倘若两者的内心感受是一样的，这个人一定出了毛病。

作为一个通晓人性的智者，蒙田曾经设想，男女之间最美满的结合方式不是婚姻，而是一种肉体得以分享的精神友谊。倘若有人问：这种肉体得以分享的精神友谊究竟是什么东西——是爱情，准爱情，抑或仍是友谊？我来替蒙田回答吧：智者不在乎定义。

对女性说

1. 生孩子是冒险，但值得

一位悲观的女子问我：这个世界如此不安全，把孩子生到这个世界上来，是否太冒险了，甚至太不负责任了？

我的回答：生孩子的确是冒险，但值得。事实上，无论世态如何，一个生命在生长过程中总是充满不测的，包括各种可能的天灾人祸。但是，这不能成为剥夺孩子出生权利的理由，我们自己也不应该因此放弃亲子之情的欢乐。如果以确保安全为前提，没有一个生命有权出生，我们自己也不例外。

我问她：你是否宁愿你的父母没有生你，你压根儿不曾在这个世界上生活过呢？她陷入了沉思。但愿她的答案是否定的，否则，她的确悲观到了极点，也许我就只好告诉她：你不该生孩子。不，我要告诉她：快生孩子吧，孩子会治好你的悲观。

2. 对女孩说

女孩当然渴望有人爱，但是，你不要把力气使在讨男人欢心上，而要使在让自己可爱上。可爱应该是有内涵的，包括教养、气质、才华等，那样的可爱才有持久的魅力。你要做到即使没有人爱，仍能活得精彩和快乐，而越是这样，就越会有人爱你。你不要把你的青春看作对一个男人的等待，而要看作你自己的成长。只要你成长得好，天下有的是男人，到时候就不是他们挑选你，而是你挑选他们。

3. 对剩女的劝告

据说现在有许多大龄未婚女子，她们被称作剩女。剩者，过剩、剩余之谓也。过剩意味着竞争激烈，剩余意味着面临被淘汰的危险，这个名称本身就给人以压力。于是，惶惶然急于把自己嫁出去，急不择人者有之，委屈下嫁者有之。可是，没有爱情的婚姻是一枚苦果，岂能含泪啃它一辈子？所以，我的劝告是：宁做剩女，不做怨妇。女大当嫁是古训，我要把它改成女大当自立、自尊、自信，倘若如此，何剩之有？

4. 择偶第一看人品

某女倾诉烦恼，她说，某男非常喜欢她，激情洋溢，她因此感到甜蜜；但他又极其自我中心，很不尊重她，她因此感到痛苦。她问我：是否应该接受这个男人做丈夫？

我的回答是：是否尊重你，乃至是否尊重一切人，反映了人品和教养，是长久起作用的因素，而激情只是短暂起作用的因素。所以，如果你想寻找的是一个可以长久共同生活的人，就要三思。

事实上，据我观察，不少女性婚后不幸福，原因就在被一时的激情俘虏，看不清人品的长久作用。

5. 次好的选择

某女难觅精神知己，决心独身。我对她如是说：人在世上是需要有一个伴的，有人在生活上疼你，终归比没有好；至于精神上的丰富和幸福，只能靠你自己，无人能夺走你内心的宝藏。确实有一些女子做了这个选择，找一个疼自己的男人结婚，精神交流虽少，但能和睦相处。这不是最好的选择，但可以算得上次好。

6. 女人的非理性

女人的非理性可以表现为灵性和直觉好，也可以表现为任性和不讲理。和女人一起生活的男人，前者把他造就成诗人，后者把他造就成哲人。

婚姻的难题

1. 为爱筑一个好巢

婚姻有何必要？我的回答是：为爱筑一个好巢。

爱情是一只鸟儿在天空飞翔，它自由，但也需要栖息；它空灵，但也需要踏实；它娇弱，因此需要保护；它任性，因此需要训导。婚姻所提供的，正是栖息、踏实、保护和训导。

鸟儿总在空中飞，会疲惫、恐慌，会累死，爱情也是如此。

当然，筑一个好巢不容易，要学鸟儿筑巢的勤勉、细致和耐心。

2. 不必刻意

我一向认为，只要相爱，无论结不结婚都是好的。我不认为婚姻能够保证爱情的稳固，但我也不认为婚姻会导致爱情的死亡。一个爱情的生命取决于它自身的质量和活力，事实上与婚姻无关。既然如此，就不必刻意追求或者拒绝婚姻的形式了。

3. 旅伴

在一次长途旅行中，最好是有一位称心的旅伴，其次好是没有旅伴，最坏是有一个不称心的旅伴。

婚姻同样如此。夫妻恩爱，携手走人生之旅，当然是幸运的。如果做不到，独身前行，虽然孤单，却也清静，不算什么大不幸。最不幸的是两人明明彼此厌烦，偏要朝夕相处，把一个没有爱情的婚姻维持到底。

4. 共赢或共输

在婚姻中，双方感情的满足程度取决于感情较弱的那一方的感情。如果甲对乙有十分爱，乙对甲只有五分爱，则他们都只能得到五分的满足。剩下的那五分欠缺，在甲会成为一种遗憾，在乙会成为一种苦恼。

婚姻中不存在一方单独幸福的可能。必须共赢，否则就共输，是婚姻游戏的铁的法则。

5. 小争吵

在婚姻这部人间乐曲中，小争吵是必有的音符，倘若没有，我们就要赞叹它是天上的仙曲了，或者就要怀疑它是否已经临近曲终人散。

6. 不要企图改变对方

婚姻中的一个原则：不要企图改变对方。

两口子争吵，多半是因为性格的差异，比如你性子急我性子慢，你细心我粗心，诸如此类。吵多了，便会有怨恨，责备对方总也改不了。可是，人的性格是难变的，只能互相适应，民间的智慧称作磨合。仔细分析，比起性格差异来，要对方改变的企图是争吵的更重要原因。如果承认差异，在此基础上各方调整自己的态度，许多争吵都可以平息。

7. 对亲近者不挑剔

夫妻容易发生争吵，因为亲近之人往往挑剔。当然也有不争吵的夫妻，情况可能有二。一是双方或其中一方内心已足够疏远，到了不屑于挑剔的程度；二是双方或其中一方有足够好的教养，摆脱了对亲近者挑剔的本能逻辑。是的，对亲近者挑剔是一种本能，而警惕这种本能，做到对亲近者不挑剔，则是一种教养。

8. 不同的愿望

一个年轻人说：宁要浪漫的爱情，不要平庸的婚姻。人到中年后他说：宁要平静的婚姻，不要动荡的爱情。说得都对。生命的不同季节，生命的愿望也不同。

9. 大抵如此

爱情大抵要死要活，婚姻大抵不死不活。

迎来小生命

1. 生命也是伟大的事业

性本能分两个层次。浅层次是快乐本能，即男欢女爱。直到孩子出生，一直潜伏着的深层次才显现出来，那便是种属本能，它以势不可当的力量觉醒了，使我们感受到巨大的幸福。这是大自然的狡计，让你男欢女爱，让你贪图快乐，结果弄出来了一个孩子，接着就让你辛苦，还让你感到这辛苦是更大的快乐。不过，就算是中了大自然的狡计，那快乐却是实实在在的，是生命根底里的快乐，而做一回大自然的工具也不算什么耻辱。从生命的角度看，世上有什么事业比种属延续更伟大？为人父母让我们体会到，生命既是巨大的喜悦，也是伟大的事业。

2. 回到动物状态

在抚养幼仔的日子里，我们仿佛变回了成年兽，我们确实变回了成年兽。我觉得，做一头成年兽，这个滋味好极了。

对于现代人来说，适时回到某种单纯的动物状态，这既是珍贵的幸福，也是有效的净化。现代人的典型状态是，一方面，上不接天，没有信仰，离神很远；另一方面，下不接地，本能衰退，离自然也很远，仿佛悬在半空中，在争夺世俗利益中度过复杂而虚假的一生。那么，从上下两方面看，小生命的到来都是一种拯救，引领我们回归简单和真实。

3. 孩子使夫妻成为血缘亲人

爱情是寻找灵魂的亲人。婚姻是结为肉体的亲人。在性行为中，双方的身体达到了亲昵的极限。但是，一对男女通过做爱永远不能成为血缘意义上的亲人，唯有通过生育，才能开创出一个新的血缘关系。在孩子身上，双亲的血流在一起，两支本无联系的血脉联结成亲缘，从此生生不息，延续久远。正是凭借孩子，夫妻之爱在血缘意义上也成了亲情。

4. 神秘的因缘

一个男人和一个女人站在教堂里，把手放在《圣经》上宣誓，彼此确认对方是妻子或丈夫，这是一个神圣的仪式。一个孩子把一个男人和一个女人唤作爸爸和妈妈，这呼唤出的第一声，没有也不可能举行任何仪式，但是，在我看来，其神圣性丝毫不亚于教堂里的婚礼。

一个男人使一个女人受孕，似乎是一个偶然的事件。可是，仔细想想，这个孕育出来的小生命，是多么漫长而复杂的因果关系的一个产物，它的基因中交织着多少不可思议的巧遇，包含了多少神秘的因缘。也许有人会说，这不过是上帝在掷骰子罢了。不错，但是，每掷一次骰子，都是排除了其余无数可能性而只确认了一种可能性，亘古岁月中一次次的排除和确认，岂不使得这最终的确认更具有了一种命定的性质？在大自然的生命谱系档案中，这一对父母与这一个孩子的缘分似乎早已注册了，时候一到，这一页就会翻开。

让我换一种方式来说。一个新生命的孕育和诞生，是一个灵魂的投胎。在基督教的天国里，或者在佛教的六道中，有无数的灵魂在飞翔或轮回，偏偏这一个灵魂来投胎了。这一个灵魂原可以借无数对男女的生育行为投胎，偏偏选中了你们这一对。

5. 灵魂的约会

父母和孩子的联系，在生物的意义上是血缘，在宗教的意义上是灵魂的约会。在超越时空的那个世界里，这一个男人、这一个女人、这一个孩子原本都是灵魂，无所谓夫妻和亲子，却仿佛一直在相互寻找，相约了来到这个时空的世界，在一个短暂的时间里组成了一个亲密的家，然后又将必不可免地彼此失散。每念及此，我心中充满敬畏、感动和忧伤，倍感亲情的珍贵。

6. 不同的儿女观

中国人喜欢说：儿女是讨债鬼。西方人喜欢说：孩子是上帝的礼物。观念截然相反。究其原因，也许在社会伦理的不同。

中国是宗法社会，养儿育女只是为了传宗接代。不孝有三，无后为大。儿女之所以重要，只因为宗法系统重要，儿女是传承宗法系统的工具，一旦出差错，责任天大。所以，父母要为儿女做牛做马，儿女怎么不是讨债鬼呢？儿女在人身上附属于父母，亲子关系似乎是主奴关系，但实际上，父母和儿女都是宗族的奴隶，都不自由。

西方是自由社会，孩子是独立的生命，亲子关系是自由人之间的关系。儿女年幼时，父母有抚养和监护之责任，此种责任相当于动物对于幼仔的责任，具有自然的性质，洋溢着生命的快乐。儿女成年之后，此种责任便解除，儿女自己做主并承担责任。父母充分享受养育新生命的快乐，并不承受超出自然规定的责任，孩子怎么不是上帝的礼物呢？

当然，随着宗法社会的解体，中国的情形在发生变化。现在的父母已经很少说儿女是讨债鬼了，新一代的父母越来越觉得孩子是上帝的礼物了。

父母怎样对孩子负责

1. 家庭环境的影响

家庭环境对孩子成长有巨大影响，最重要影响有二。其一，如果父母相爱、家庭和睦，孩子在爱和快乐的氛围里度过童年，他的人生就有温暖明亮的底色，可保心理健康、情商良好。其二，如果父母自身素质比较高，给孩子以心智上的熏陶，并且给他一个相对自由宽松的童年，可保人格健康、心智发育良好。

2. 教育方式取决于人生态度

从一个人教育孩子的方式，最能看出这个人自己的人生态度。那种逼迫孩子参加各种竞争的家长，自己在生活中往往也急功近利。相反，一个淡泊于名利的人，必定也愿意孩子顺应天性愉快地成长。我由此获得了一个依据，去分析貌似违背这个规律的现象。譬如说，我基本可以断定，一个自己无为却逼迫孩子大有作为的人，他的无为其实是无能和不得志；一个自己拼命奋斗却让孩子自由生长的人，他的拼命多少是出于无奈。这两种人都想在孩子身上实现自己的未遂愿望，但愿望的性质恰好相反。

3. 怎样真爱孩子

做父母的很少有不爱孩子的，但是，怎样才是真爱孩子，却大可商榷。现在的普遍方式是，物质上无微不至，功课上步步紧逼，精神上麻木不仁。在我看来，这样做不但不是爱孩子，而且是在害孩子。

真爱孩子的人，一定会努力让孩子有一个幸福的童年，以此为孩子一生的幸福奠定基础。具体怎么做，我说一说我的经验供参考。要点有三。其一，舍得花时间和孩子游戏、闲谈、共度欢乐时光，让孩子经常享受到活生生的亲情。其二，尽力抵制应试教育体制的危害，保护孩子天性和智力的健康生长。其三，注意培育孩子的人生智慧和独立精神，不是给孩子准备好一个现成的未来，而是使孩子将来既能自己去争取幸福，又能承受人生必有的苦难。

4. 怎样对孩子的将来负责

做父母的当然要对孩子的将来负责，但只能负起作为凡人的责任，其中最重要的，就是悉心培养正确的人生观和乐观坚毅的性格，使他具备依靠自己争取幸福和承受苦难的能力，不管将来的命运如何，都能以适当的态度面对。至于孩子将来的命运究竟如何，可能遭遇什么，做父母的既然无法把握，就只好不去管它，因为那是上帝的权能。

一个孩子如果他现在的状态对头，就没有必要为他的将来瞎操心了；如果不对头，操心也没用。而且，往往正是由于为他的将来操心得太多、太细、太具体，他现在的状态就不对头了。

5. 糊涂的雄心

现在做父母的似乎都有一个雄心，要亲手安排好孩子的整个未来，从入学、升学到工作、出国，从买房、买车到结婚、生子，皆未雨绸缪，为之预筹资金，乃至亲自上阵拼搏，觉得这样才是尽了责任。我想提醒你们的是，孩子的未来岂是你们决定得了的？他的未来，一半掌握在上帝手里，即他的外在遭遇，另一半掌握在他自己手里，即他应对外在遭遇的心态和能力。对于前一半，你们完全无能为力，只能为他祈祷。对于后一半，你们倒是可以起很大作用的，就是给他以正确的教育，使他在心智上真正优秀，从而既能自己去争取幸福，又能承受人生必有的苦难。倘若你们不在这方面下功夫，结果培养出了一个心智上的弱者，则我可断定，有朝一日你们必定会发现，你们现在为他的苦心经营全都是白费力气。

6. 做好监护人即可安心

做父母的要明白，无论多么心肝宝贝，孩子也只是暂时寄养在你们这里的，你们只能做孩子的暂时监护人。我不只是指孩子迟早会长大，独立地走自己的人生之路，送行的一天必将到来，你们再舍不得也不可能与之同行。我的意思比这深刻得多。父母所生的只是孩子的身体，而非灵魂，我相信灵魂必定另有来源，而这来源决定了它在人世间的走向。由此可以解释，不管父母多么精心地设计和运作，孩子的未来并不听从你们的安排，往往还使你们大吃一惊。所以，父母的职责是做好监护人，给孩子身心成长一个好的环境，做到了这一点即可安心。至于孩子将来终于走了一条怎样的路，那不是你们能支配的，荣耀不是你们的功劳，黯淡不是你们的过错。

7. 不做具体的规划

对于孩子的未来，我从不做具体的规划，只做抽象的定向，就是要让他成为一个身心健康、心智优秀的人。给孩子规定或者哪怕只是暗示将来具体的职业路径，是一种僭越和误导。我只关心一件事，就是让孩子有一个幸福的童年，能够快乐、健康、自由地生长。只要做到了这一点，他将来做什么，到时候他自己会做出最好的决定，比我们现在能做的好一百倍。

8. 熏陶是不教之教

让孩子真正喜欢上智力生活，乐在其中，欲罢不能，对学习充满兴趣，是智育的最大成功。在这方面，父母的榜样能产生显著的作用。

我深信，熏陶是不教之教，是最有效也最省力的教育，好的素质是熏陶出来的。

因此，做父母意味着人生向你提出了一个要求：必须提高你自己的素质。

9. 家长怎样对待应试教育

在现行应试教育体制下，好的家庭教育对于学校教育应该起到两个作用。一是给素质教育加分，以弥补学校里素质教育的缺失。这当然要求家长自身具备较高的素质，从而能够在课外阅读、兴趣培养、艺术熏陶等方面给孩子以影响和指导。二是给应试教育减负，以保护孩子的身心健康。孩子已经承受了巨大的功课压力，家长至少不应该再加压，在课外给孩子加上各种培训班、补课班的重负。家长自己能以平常心看待孩子的应试成绩，也会使孩子在心理上轻松不少。相反，家长的紧张心理和苛责行为往往是笼罩在孩子心灵上的最浓重的阴影，是导致孩子痛苦乃至崩溃的直接原因。

10. 尊重孩子是一种教养

和孩子相处，最重要的原则是尊重孩子。从根本上说，这就是要把孩子看作一个灵魂，亦即一个有自己独立人格的个体。爱孩子是一种本能，尊重孩子则是一种教养，而如果没有教养，爱就会失去风格，仅仅停留在动物性的水准上。

11. 做家长的最高境界

做家长的最高境界是成为孩子的知心朋友。在这一点上，中国的家长相当可怜，一面是孩子的主子、上司，另一面是孩子的奴仆、下属，始终找不到和孩子平等相处的位置。

做孩子的朋友不易，让孩子也肯把自己当朋友更难。多少孩子有了心事，首先要瞒的人是父母，有了知心话，最不想说的人也是父母。

12. 亲近自然

孩子天然地亲近自然，亲近自然中的一切生命。孩子自己就是自然，就是自然中的一个生命。

然而，今天的孩子真是可怜。一方面，他们从小远离自然，在他们的生活环境里，自然最多只剩下了一点儿残片；另一方面，他们所处的文化环境也是非自然的，从小被电子游戏、太空动漫、教辅之类的产品包围，天性中的自然也遭到了封杀。

我们正在从内外两个方面割断孩子与自然的联系，剥夺他们的童年。他们迟早会报复我们的！

论友谊

1. 友谊的三个因素

好的友谊必定包含三个因素。

第一是默契。这是灵魂深处的默契，就仿佛两个灵魂之间有一种亲缘关系，因而双方在基本的价值观上高度一致，彼此心知肚明，尽在不言中。这是一个前提，使得其他方面的沟通也变得容易。

第二是欣赏。这是两个独特个性之间的互相欣赏，所欣赏的是对方身上自己最看重的优点，这优点也许是自己也具备的，因此惺惺相惜，也许是自己不具备的，因此衷心倾慕。

第三是宽容。事实上，只要前两个因素足够强烈，就自然会宽容对方身上自己不太看重的缺点了。如果不肯宽容，就说明前两个因素仍较薄弱。

2. 最重要的是尊重

朋友之间，最重要的是尊重。

你的朋友向你吐露了隐衷，你要保守秘密，不可向人传说。也许你的朋友还向别人吐露了这隐衷，你仍要当作只有你一人知道一样，不可让秘密由你传播出去。

你的朋友最需要你的时候，你一定要出现。但是，这不能成为理由，认为你因此就有了随时在他面前出现的权利。即使对你最好的朋友，你也没有这个权利。

当你的朋友处在大幸福或大悲痛之中时，你要懂得沉默，不去打扰他，这是你对他的大尊重。

3. 用自己的眼光辨别敌友

朋友的朋友一定也是我的朋友，朋友的敌人一定也是我的敌人——我鄙弃如此简单的逻辑。

首先因为我的头脑有正常的思维，足以看出它的荒谬。按照这个逻辑推演，朋友的朋友也还有朋友和敌人，以至于无穷，这样我就会有数不清的朋友和数不清的敌人，二者之间还必定有很多交叉和重合。要我接受如此极其庞大而复杂的人际关系，我还不够愚蠢。

其次因为我对人性有基本的了解，足以看出它的幼稚。友谊的基础是求同存异，每个人都有多面，不同人之间的同异关系岂能划一，存异是当然之理。我所求之同在你的朋友身上不存在，他就不是我的朋友。我能容你的敌人身上你所不容之异，他就不是我的敌人。

所以，我只用自己的眼光来辨别敌友，绝不用别人的眼光，哪怕这个别人是我的好朋友。这样最简便，往往也最可靠。

4. 我看朋友圈

人以群分，朋友圈的形成似在情理之中。我想强调的是，这个圈应该是松散而不定形的，你不要把它弄成一个组织。在一切人际关系中，友谊最自由，最讲究志趣相投，距离组织最远，把它弄成组织就太不好玩了。

就我自己而言，我有许多朋友，但我不属于任何朋友圈。当然会有这种情形，我的若干朋友彼此也是朋友，但我和其中每人的关系仍是非常个人化的，不会受他们之间关系的影响。

5. 一个检验

当你接受了一个善意而心中没有丝毫不安的时候，你也就是接受了一个朋友。相反，如果你不接受这个善意，或者接受了但心中不安，就说明你不认可对方是朋友。这包括两种可能的情况，一是你怀疑其善意的真实性，二是你对其人有否定的评价。

6. 相信亲见

据说某人的人品有严重污点，但只是传言，不能证实。此人待我很好，我还看到他身上有很正直和可爱的一面，为一般人所不具备。那么，我何必轻信人言，而把我的亲见抹杀掉呢？在评价朋友的时候，相信亲见，不信传言，我把这作为一个原则。

7. 旧衣服

某哲人说：朋友如同衣服，会穿旧的，需要时时更新。我的看法正相反：朋友恰好是那少数几件舍不得换掉的旧衣服。新衣服当然不妨穿一穿，但是，能不能成为朋友，不到穿旧之时是不知道的。总在频繁更换朋友的人，其实没有真朋友。

第七辑

伤痛三记

孩子和哲人

——忆念铁生

一

2010年12月31日凌晨，何东发来短信："史铁生于12月31日3时46分离开我们去往天国。"

我正在洗漱，郭红看到了短信，在门外惊喊：铁生走了！我把自己关在卫生间里，失声恸哭。

铁生走了？这个最坚强、最善良的人，这个永远笑对苦难的人，这个轮椅上的哲人，就这样突然走了？不可能，绝不可能！

一直相信，虽然铁生身患残疾，双肾衰竭，但是，以他强健的禀赋和达观的心性，一定能够渡过一个又一个难关，活很长的时间。一直相信，只要我活着，我总能在水碓子那套住宅里看见他，一次又一次听他的爽朗的笑声和智慧的谈话。

我祈祷，我拒绝。可是，在这一瞬间，我已清楚地知道，我的世界荒凉了，我失去了人世间最好的兄弟。

二

婴儿的笑容智者的目光
周而复始的鸽群在你的天空盘翔
人生没有忌日只有节日
众神在你的生日歌唱

四天后，2011 年 1 月 4 日，铁生的六十岁生日，朋友们在 798 时态空间为他举行了一个特别的生日聚会。空旷的大厅里站满了人，有人在演讲，我站在人群的外围。铁生透过墙上的大幅照片望着人们，望着我，那笑容和目光都是我熟悉的，我在心中对他说了上面的话。

三

孩子和哲人——这是我心目中的铁生。

铁生是孩子。凡是认识他的人都一定有同感，他的笑是那么天真而纯净，只有一个孩子才会那样笑，而且必须是年龄很小的孩子，比如婴儿。他不谙世故，对人毫无戒心，像孩子一样单纯。不管你是谁，只要来到他面前，他就不由自主地对你露出了这孩子似的笑。

铁生是孩子。和他聊过天的人都知道，他对世界怀着孩子般的好奇心，总是兴致勃勃地和你谈论各种话题，包括哲学和戏剧、物理学和心灵学、足球和围棋。他感兴趣的东西可真多，不过，像孩子一样，他的兴趣是纯粹的，你不要想从他口中听到东家长西家短的议论。

铁生是哲人，这好像是谁都承认的。然而人们困惑地推测道：他残疾了，除了思考做不了别的，所以成了哲人。我当然知道，他的哲学慧根深植在他的天性之中，和残疾无关。一个保持了孩子的纯真和好奇的人，因为纯真而有极好的直觉，因为好奇而要探究世界和人生的谜底，这二者正构成了哲人的智慧。

那天生日聚会上，一位朋友悄悄对我说：最应该得诺贝尔和平奖的是铁生。我一愣，诧异他说的是和平奖，不是文学奖，但随即会心地点头。世界之所以充满争斗和堕落，是因为人的心灵缺了纯真和智慧，变得污浊而愚昧了。孩子的纯真，哲人的智慧，正是使世界净化的伟大力量，因而是世界和平的最可靠保障。当然，斯德哥尔摩可能根本不知道有史铁生这个人，这一点儿也不重要，铁生的价值是超越于诺贝尔奖和一切奖的。

四

铁生是一个爱朋友的人，他念旧、随和，有许多几十年的老友，常来常往。我只能算他不老不新的朋友，关系似乎也不近不远，结识十六年，见面并不多，平均下来也就一年一次吧。我自己是个怯于交往的人，他又身体不好，在我结识他的第三年，他就因双肾衰竭开始做透析，每次去访他，在我都是一个隆重的决定。铁生喜欢有朋友来，每次谈兴颇健，可是我知道，我能享受与他谈话的快乐，却无法和他分担兴奋之后必然会到来的疲惫。

刚认识他时，我和郭红正恋爱，我还记得我俩第一次一起去访他的情景。郭红那天买了一本《收获》，刊有《务虚笔记》后半部分，看过几页，向铁生谈印象："真好，一个东西，你变换着角度去说它。"

他说:“就这两句,我听了就很高兴。话不在多,对心思就行。”他表示,书出之后，不但送我，也要送她。他的三卷本作品集，当即送了我们一人一套。我心中惭愧，如果是我，就会合送一套。我感觉到的不只是他的慷慨，更是他对个体的尊重。

和铁生结识时，我还没有孩子，后来，有了啾啾，再后来，有了叩叩。我相信，孩子对身处的气场之好坏有最灵敏的直觉。面对坐在轮椅上的铁生,孩子不但不畏怯,反而非常放松,玩得自由自在。当时三岁的啾啾，守在铁生叔叔身边，以推他的轮椅为乐。当时两岁的叩叩，合影时用小手摸铁生叔叔的头顶，告别时把额头贴在希米阿姨的额头上。他们当然不知道，这个坐在轮椅上的叔叔是当代中国最伟大的作家，但以后会知道的。

我珍惜见面的机会，要省着用，最好是和合适的人分享，因此偶尔会带我的好友去看他，但一共就两回。我带去的人，必须是我有把握和他彼此能谈得来的。第一回，是铸久和乃伟夫妇。气氛果然非常好，铁生对围棋界的情形相当熟悉，饶有兴趣地谈着这个话题，而可以看出来，他只是借着这个话题在传达他的愉快心情。第二回，是雯娟。她因为喜欢，自己配乐朗诵了铁生和我的作品，那天把刻录的《合欢树》给铁生，他听了录音很高兴，说挺受感动的。此后某一天，雯娟接铁生夫妇到我家，然后我们一同到雯丽家晚餐。在雯丽家，他心情很好，谈正在写的一个长篇，后来我知道是《我的丁一之旅》。他说，他在思考灵魂的问题，不给灵魂一个交代，意义就中断了。他的结论是，灵魂是一种牵系，肉体作为工具会损毁，但牵系永远存在。又说，上帝给你的就是一个死局，就看你能不能做活。我觉得都很精辟。

五

两年前，《知音》杂志同一期刊登两篇长文，分别是对铁生和我的“访谈”，而所谓的“访谈”根本没有进行过，完全是胡编乱造。我在博客上发表了澄清事实的声明，铁生没有开博客，他的声明也发表在我的博客上。

在此之前，铁生那篇“访谈”的编造者一再向他求情，他毫不动摇。但是，声明发表后，要不要起诉和索赔？他的态度异常明确，对我说：我们的声明搁在那里了，已经备案，到此为止，以免被媒体炒作。我同意。其实我本来是有些犹豫的，觉得不起诉便宜了侵权者。另一位也是被《知音》侵权的作家，通过起诉获赔十万元。铁生的家境不宽裕，医疗开支又大，如果能获赔，是不小的补贴，可是他压根儿没有这方面的考虑。我并非反对用法律手段追究侵权者的责任，只是想通过这个事例说明，铁生是一个多么正直又憨厚的人。

铁生待人平和宽容，然而，在这个喧嚣的传媒时代，他也有诸多的不喜欢和不适应。他未必拍案而起，但一定好恶分明。记得有一次，他送我书，对着腰封直摇头，而希米干脆生气地把腰封扯了。这夫妇俩的朴实真是骨子里的。

六

人与人之间一定是有精神上的亲缘关系的。读铁生的作品，和铁生聊天，我的感觉永远是天然默契。

去年春天，郭红想为一家杂志做铁生的访谈，打去电话，他和希米立即同意了。希米说，必须支持“下岗女工”。郭红因故辞去了原来的工作，所以希米如此说。我陪郭红前往，先后谈了两回。

这次见面，距上一次已九个月，我们看到的铁生，脸色发黑，脸容消瘦，健康大不如以前。希米告诉我们，他因为真菌性肺炎住院一个月，出院才几天，受了许多罪，签了病危通知书，曾觉得这回真扛不住了。我心中既感动又内疚，夫妇俩对媒体的采访从来是基本拒绝的，却痛快地接受了这个时机非常不对的造访。

虽然病后虚弱，铁生谈兴仍很浓，谈文学，谈写作，谈人生，谈信仰，话语质朴而直入本质。采访过程中，我也常加入谈话。郭红已把访谈整理发在杂志上，我在这里仅摘取若干片断，连缀起来，以观大概。

铁生：文学是写印象，不是写记忆。记忆太清晰了，能清晰到数字上去，不好玩，印象有一种气氛。记忆是一个牢笼，印象是牢笼外无限的天空。

我：这与你说的活着和生活的区别是一回事。记忆和印象就是过去时的活着和生活。

铁生：深入生活这个理论应该彻底推翻。好多人问我同一个问题：你的生活从哪儿来？我说，你看我死了吗？这个理论特别深入人心，而且是包含在中国文化里面的，认为内心的东西不重要。

我：我们在文学上也是唯物主义者，只相信自己看得见摸得着的东西，看不见摸不着的就不是生活。其实，没有内在的生活，外在的生活就没有意义，更不是生活。

铁生：写作是要解决自己的问题。开始写作时往往带有模仿的意思，等你写到一定程度了，你就是在解决自己的问题。

我：这时候一个真正的作家才诞生了，在那以前他还是一个习作者。大多数作家是没有问题的，一辈子是一个习作者。

铁生：有个很有名的人说，一天要写一篇散文。我觉得这是每日大便一次的感觉。每日大便一次还是正常的，这简直就是跑肚。

我：关键是有没有灵魂，没有灵魂就没有问题。

铁生：那就只剩下有没有房子和车子的问题了，实在太无趣了。糟心就糟心在这里，灵魂太拘泥于社会、现实、肉体，很丰富的东西只能在这些面上游走，甚至不能跳出来看看。

我：灵魂强大的人受不了这个束缚，就会跳出来。

铁生：灵魂可能是互相联着网的，人只是一个小小的终端。现在我们的这个网是在作乱，它都是终端在各显其能，造成一个分裂状态。

我：谁也不信上帝，都自以为是服务器。

铁生：因为不关心灵魂，中国人感受出来的全是惨剧，不叫悲剧。包括现在咱们的文学，写的也都是社会矛盾，生命本身的悲哀他感受不到。要我推荐，我就推荐中国人民得诺贝尔民族主义奖。

七

谈话自然会涉及我们两人都关注的那个问题——死亡。

他告诉我们，他正在写一个比较长点儿的东西，第一部分叫《死，或死的不可能性》。他说："我想证明死是不可能的。"我注意倾听他的论证，很欣赏其中的一个思路。

尼采说，我们虚设了一个永恒，拿它当意义，结果落空了。铁生说，正相反，恰恰是意义使一个东西可以成为永恒。甚至瞬间也是用意义来界定的，它是一个意义所形成的最短过程。因为意义，所以你能记住；如果没有，千年也是空无。

说得非常好。那么，意义的载体应该是灵魂了。他说：对，如果是一个独特的灵魂，你能认出来；如果是一个平庸的灵魂，你可能就认不出来。于是我们讨论灵魂的转世。他说：你转世的时候，灵魂带的能量应该是你此生思考的最有意思、最有悬念的事情，那样你被下一世认出的可能性就最大。他还说：我写的那个东西可能叫《备忘来生》，我希望到死的时候我能镇静，使灵魂能够尽量扼要地带上此生的信息。我提出异议：如果记忆——或者准确地说，自我意识——不能延续，转世有意义吗？他回答：我说死是不可能的，但我没有说转世以后的我一定是上一世的我。我说：这里你已经退一步了。他承认：对，退一步了，这一步必须退。我也退了一步，说：有一点在今世就得到了证明，就是灵魂和灵魂之间的差别太大了，而要解释其原因，轮回好像最说得通。

这次谈话半年后，铁生溘然长逝。不是久患的肾病，而是突发的脑溢血，把他带走了。和死不期而遇，他会不会惊诧，会不会委屈？一定不会的。他早已无数次地与死洽谈，对死质疑，我相信，在不期而遇的那个瞬间，他的灵魂一定是镇静的，能够带着此生的主要财宝上路。当然，死是不可能的，他的高贵的灵魂就是证明。灵魂一定有去处、有传承，我们尚不知其方式，而他已经知道了。

八

那次谈话，铁生和我都感到意犹未尽，相约以后要多谈。相识这么久，这是我们第一次认真地展开讨论，我自己大有收获，铁生也很高兴。我觉得我发现了一个好的方式，以后可以经常用。我和郭红拟订了计划，想待他身体状况较好时，做一个他和我的系列对话。因为血液的污染和频繁的透析，他有精力写作的时间极其有限，但他的头脑从未停止思考，如果能用一本对话录的形式留住他头脑中的珍宝，也推进我的思考，岂不两全其美。

然而，再也不可能了。我恨自己，没有任何理由可以原谅自己。上天给了我机会，我本来可以做一件也许是我此生最有价值的文字工作，可是，我竟忙于俗务，辜负了这个机会。

2011.11

想念

——我生活中的邓正来

一、想念

正来仿佛是被一阵旋风卷走的，这么生龙活虎的一个人，突然就没有了。一个至爱亲朋的死是多么不真实，你向遗体告了别，你参加了追悼会，但是你仍然不相信。

这些日子里，我的眼前全是他的形象，不是最后那些天看到的病容和遗容，而是往常的模样，目光炯炯，声如洪钟，活力四射。这个正来一定还在，说不定哪天，电话铃响，他说他到北京了，约我去见面，而我会告诉他，我是多么想念他。是的，想念，不是缅怀，不是追思，我拒绝把这些词用在他身上。我只是想念他，这个从来不喜欢旅行的人，这一回破例出远门了，我天天盼他归来，我要好好为他接风。

二、家里人

正来生性豪爽，结交广泛，常以各种名目宴请朋友，这个节日、那个节日、大人的生日、孩子的生日、长久的离别、短暂的离别，都可以用作借口。有一回，在亚运村“孔乙己”设宴，朋友们入座后，他宣布的由头出人意料，竟是庆祝他患喉癌四周年。他是九年前患的喉癌，预后良好，怎料九年后又查出胃癌，一病不起。

对于我来说，更经常的是，我们一家人被他招呼去出席小型饭局，在座的是他私交亲密的二三人家，每次他都说，今天是家里人吃饭。他去复旦就职后，相聚机会少了，隔些日子就把我们一家请到上海小住，精心安排酒店。他对啾啾和叩叩说：“正来爸爸在上海，你们在上海就有了一个家。”对我说：“要多来，一家人多亲热。”看姐弟俩手搀手穿过宽敞的大堂走来，他满意地说：“看他们住在这里多自然。”

印象中，我们两家走得近，就缘于孩子。1997 年 10 月，我和红举办婚礼，正来夫妇带当时五岁的女儿嘟儿出席。婚礼上，主持人亚平问嘟儿：“在座哪个阿姨最漂亮？”答：“郭红阿姨，我觉得她还很可爱。”问：“你觉得国平叔叔怎么样？”答：“一般。”问：“你觉得他配得上郭红阿姨吗？”答：“一般。”问：“以后让你和国平叔叔这样的人一起生活，你愿意吗？”答：“凑合吧。”全场爆笑。我和郭红非常喜欢这个机灵的小女孩，第二年啾啾出生，此后两家人就经常带着孩子互访了，或者一起郊游。正来是一个极不爱游玩的人，那几次郊游几乎是他生活中的例外。

我的两个孩子都是深夜出生的，也都是在第二天清早，正来就到医院看望。叩叩在上海出生，那时他还住北京，夫妇俩专程乘火车来，他在途中染感冒，发烧到 38.5°C，到上海后在旅馆里悲惨地躺了一整天。

正来是自告奋勇要当我的孩子的教父的，我的孩子叫他正来爸爸，他的女儿叫我国平爸爸。他是一个称职的教父，孩子的出生百日、每年生日，他都惦记在心，热心张罗。两家的孩子还有另一个教父，就是上海的阿良。啾啾生下时，正来宣布要和阿良公平竞争，听阿良说要在上海给啾啾留一间房，他不甘示弱，说他在上海有大款朋友，他也能做到。看他这么孩子气地 PK，我觉得可爱极了。

啾啾小时候，两家人聚得多，每次见面他都问啾啾："想没想正来爸爸？"然后必定是在她的胖脸蛋上狠亲一口。他一跟啾啾说话就柔声柔气，惹得嘟儿嫉妒，骂他肉麻。啾啾和他也亲。2000 年冬，我在南极，啾啾想爸爸，大哭，要立刻给我打电话。当年从北京往南极打电话极不方便，郭红提议给正来爸爸打，她同意了，在电话里听正来的嘱咐，不停地说"行""嗯""好"，居然平静了。

正来爱孩子，再忙也舍得为孩子花时间。为了抵御应试教育的危害，他先后两次让嘟儿休学，自己给她当老师。他不能容忍对孩子的忽视。一个研究底线伦理的朋友家有幼儿，嫌带孩子费精力，坚持整托，他责备说："孩子不是底线，是最高。"

爱情、友情是人生的美酒，如果时间短暂，也有新酒的甘甜和芳香。可是，若能经受住漫长岁月的考验，味道就会越来越醇厚，最后变成了无比珍贵的陈年佳酿——亲情。朋友好到了极致，就真正是亲人，比血缘更亲。

三、比我小的兄长

正来比我小十岁半，按理说，我是他的兄长。可是，不论我自己，还是周围的亲友，共同的感觉是他像兄长，对我呵护有加。什么时候看见我身体不好，他一定会催我去检查，如果认为是工作太累所致，他会批评我，连带也批评红，要她在家里贴上五个大字："国平无急事。”他经常叮嘱红，国平最重要，要把关心国平放在第一位。

有一回，我们去他家里，还带去了我家的两位女友，他语重心长地批评她俩说：“你们不知道心疼国平，国平跟别人不一样，我阅人无数，很少有像他这样优秀的人，但他一辈子没有享受过。”然后布置任务：“你们每人每周约他出来一次，要单独和他，找一个好的酒吧，让他放松。”我很不好意思地引用他对我的溢美之词，只是为了说明他对我的不同寻常的关爱。一位女友听后感动地说，她看到了男人之间的感情。

他是真正心疼我，所以，知道红又怀孕了，他力主把孩子做掉，理由是我应该安度晚年，不该再受苦了。叩叩生下后，他召开家庭会议，力劝红辞职，好好安排家庭生活，让我好好休息和工作。红的顾虑是，我年纪大了，她再没有了工作，我万一有事，两个孩子怎么养。他立刻说：“别怕，有我。”

“别怕，有我。”只要我遇到困难，这个声音就在我的耳边响起，不管他说没说，他的态度和行动都如此告诉我。2005 年是我的本命年，突然遭遇三场官司，其中一场，对方气焰嚣张。那些日子里，他已应聘吉林大学，往返于北京、长春两地，行色匆匆，仍急我之所急，替我聘请律师，随时关心案情进展，还约我去雍和宫烧香消灾。

正来待我之好，嘟儿看得分明，有一回在餐桌上对他说：“我看你最喜欢的还是国平爸爸。”他的许多朋友也知道。追悼会那天，我俩不久前结识的建华对我说：“他太喜欢你了。”举了一例，确诊胃癌第三天，建华到上海看他，送他海参，他叮嘱也给我送，加上一句：“要最好的。”

正来啊，在家族中，在朋友中，特别在我面前，你一直以强者自居，凡事都担当，仿佛能保护每个人。可是，当病魔和死神降临你头上的时候，我们能做什么，我能做什么，有谁能保护你啊！

四、人生知己

我和正来，性格截然相反，我柔他刚，我内倾拘谨，他外向豪放，反差极其鲜明。我们这么好，不但旁人诧异，我自己有时也略感惊奇。在交往中，性格强的人往往比性格弱的人主动，我们也是如此。我隐约的感觉是，他不但欣赏我、理解我，而且对我怀有一种怜惜之情，仿佛我生命中的一位贵人，要来帮助我、照护我。

不止一位朋友告诉我，我不在场的场合，如果有谁说我不好，他就特别生气。因为写了许多散文，学界常有人讥我不务正业，他听见了必为我辩护。他办《中国社会科学论丛》，把我的名字放在编委的前列，有人表示异议，他就问："你们看过他的哲学吗，他的散文中的哲学怎么就不是哲学了呢？"有一回，在餐桌上，他让每人用一个词评论我的散文，有说朴实的，有说优美的，我自己说的是直接，他认为都不准确，得意地说出一个词：深刻。

不过，对于我没有把尼采做下去，他其实是遗憾的。患喉癌后不久，一次电话里，他严肃地对我讲了一番话，他说他憋了很久，一直想讲的。大意是，他对我不满，为我可惜，我应该回来搞学术了。他的病使他想到，上帝随时可能唤走我们，我快六十了，再不做以后做不了了。他希望我完成尼采的翻译和研究，说这是能够传世的事业。

他的这番话使我知道，虽然他在别人面前为我辩护，但心中也认为学术应该是我的主业。我自己对此颇觉烦难，我做事只问兴趣，不求传世，尼采也是我的兴趣之所在，但精力难以兼顾。现在上帝已把他唤走，格外加重了他的规劝的分量，我一定要认真想清楚，在上帝把我唤走之前，我最应该做、不做就真正遗恨的事情是什么，据此来安排我的工作。

正来对我是偏爱的，因为偏爱而能容他人之不容，也因为偏爱而能察他人之不察。2000年冬，我参加人文学者南极行，他反对，责问道："别人写不出东西，所以需要走这个地方那个地方，找些貌似惊人的材料以吸引读者，你是一个有独立思想的人，自己想写的东西还来不及写，为什么要去南极？"我实在不愿放弃这个难得的机会，依然成行。他在金东大酒楼为我壮行，席间很动感情，一再叮咛我平安归来，说他读我的书最认真，最理解我，要给我的南极之书写序。归来后，我写成《南极无新闻》一书，那次南极行被炒成新闻，这个书名表达了我的抗争。正来践诺写序，写完那天特别激动，分别给好几人打电话，声情并茂地朗读全文。他说："不是周国平，我不会写；是周国平，别人也写不出。"

的确如此，他从来只写学术论著，为我破了例，而他对我的理解极其准确，无人能及。序的标题是《社会的"眼睛"与独行的个人》，其中说我对社会的态度是"参与其间但绝不放弃自我，生活于其间但绝不放弃对它进行批判的权利，力图以一种独语的方式去重构这个社会"，而"所采用的方式是相当平和细腻的，但确确实实是不屈坚毅的"。我心知，未尝有人如此恰如其分地把握我对社会的态度的实质以及这种态度中的微妙之处。

正来曾多次说，将来我的墓志铭由他来写。他的态度是认真的，绝非戏言。岂料他先我而走，在他的未竟之业中，还有这小小的一桩。

五、豪气，侠气，霸气

虚岁五十那年，生日前夕，正来在友谊宾馆贵宾楼举办寿筵，摆了十桌。他让我坐他右侧的座位，并且安排我第一个致辞。在发言中，我用三个词概括他：豪气，侠气，霸气。

正来是豪情万丈之人，无论酒桌上的闲谈，还是论坛上的讲演，都激情飞扬、气势恢宏、精彩纷呈。他做学问，心中有一种“前不见古人，后不见来者”的悲哀，表现出的则是“天下舍我其谁”的豪迈。他什么都要顶级的，顶级的学问，顶级的酒，非五粮液和茅台不喝。他爱憎分明，对于看不上的人，评论起来毫不留情。有一年，某台湾名人大陆行，媒体上沸沸扬扬，北大、清华也为其摇旗鸣锣，他鄙夷地说：此人是一个小人，只会弄一些小考据。得知一个朋友为了宣传自己患病的儿子，筹划儿子与此人的会面，他打电话给这个朋友说：“我只是为了向你表达我的深深的失望。你儿子原是一个谦卑内向的孩子，现在变得这样张狂。如果此人要见而你的儿子不见，那才是牛。”

正来又是一个侠义之人，爱朋友，念朋友，朋友有难，必挺身而出，冲在前面。遇到需要解囊的时候，他毫不犹豫，哪怕自己没有钱，也要借钱相助。这个大学者还时常自告奋勇替朋友断家务事，大至夫妻离异，小至日常纠纷，他都出面调解。不过，他可不是和事佬，他的敏锐目光总能看出症结所在，阐明是非，直率地批评理亏的一方。

最后，我相信所有朋友对正来的霸气都有切身的感受。朋友们叫他老邓，他和那个全世界人民都知道的老邓有一拼。朋友聚会，主角一定是他，基本上没有别人张口的份。无论你地位多高、名声多大、学问多好，在老邓面前都会放下身段，洗耳恭听。他胸有成竹，说话的口气不容置疑，而他的见解确实常常是值得注意的。

其实，豪气、侠气、霸气都来自底气。正来阅读量惊人，悟性又好，对西方社会科学脉络了如指掌，如果没有这个功底，谁会服他。底气之外，更有正气，唯真理是求，于是不战自威。我还要加上孩子气，甚至认为这是他的品行的核心。一个大孩子在学海尽兴嬉戏，在人世率性言说，于是底气、正气都有了。

那么，这一节的标题可以改为：底气，正气，孩子气。

六、在学术的背后

正来以学术为志业，治学极严，下大功夫，有大成就，学界有口皆碑。他对自己选定的领域十分专注，闭关八年，围绕知识社会学和政治学刻苦研读，出版了一批高质量的译著和论著。然而，我知道，已出版的著作只是露出海面的冰山一角，其下深不可测。他不是一个学术匠人，而是一个思想者，他心目中的学术不是知识的耙梳，而是问题的探究。他常向我讥笑国内学人没有自己的问题，而据我所见，他是真正有自己的问题的，正因为如此，即使在他最娴熟的领域里，他也是疑窦丛生，痛苦万分。

在这里，我要摘引我的日记中记录的他的两次谈话。

2002 年 7 月 24 日。正来在天通苑附近“大鸭梨”请晚餐，此前他已在电话里对我谈起他的雄伟计划，席上的谈话也围绕这个话题。他问我：“现在还有没有乌托邦？”我说没有了，他说：“这就是问题，人类没有了动力。”接着列举现在西方的主流政治理论，包括哈耶克的古典自由主义、奥克萧的保守主义、罗尔斯等的新自由主义、社群主义、后现代主义，指出这些无一不是摧毁乌托邦的，所以本质上都是以开放之名导致封闭。他的计划是把这些理论的脉络一个个弄清，然后对它们大举批判。他相信，这个视角是西方人所不具备的，中国人更不具备，一旦完成，其伟大超过马克思和韦伯。我觉得他的想法确实不凡，只是提醒他掌握好分寸，乌托邦的破坏作用也不可忽视，这是现代思潮拒斥乌托邦的主要原因。他说，这些话他对谁都不说，他感到非常幸运，因为有我这个知己，可以无话不说，而且一切都自然而然。最后，他颇带戏剧感地说，将来他完成了这一终身著作，请我用尼采风格给他写一个墓志铭，放在书首；由于他自己也是在西方知识中生长的，因此他的这一工作实际上也是对自己的否定和判决。

2007 年 1 月 28 日。下午，正来携家人来看望我们。他刚坐下，就开始和我谈他的苦恼，那完全是精神上的。多年来，他一直在研究知识生产问题，同时又感觉到，自从逻各斯以来，整个知识生产都是在撒谎，全是虚伪的，使人类离自然状态越来越远。他感到自己是分裂的，一方面废寝忘食地做学问，另一方面怀疑其毫无意义。他说，六十岁以后，要写一本书，揭露整个知识生产的谎言，请我写序言，现在就做准备，读尼采和福柯。他表示，无人质疑知识的前提，他的苦恼只能对我说。我说，这个苦恼由来已久，人既不能停留在自然状态，又不应该脱离自然状态，这是一个悖论。

这两次谈话使我明白，正来迄今所做的学术工作尽管十分可观，其实只是他真正想做的主要工作的一个准备。后来他转入中国人“生存性智慧”的研究，应该是向主要工作迈进了一步，试图从中找到解决问题的路径。我无法预断他能否找到，但是我相信，以他的善思敏悟，寻找的过程中也一定会有丰硕的收获。可是，序幕刚刚拉开，他就撒手离去了，带走了全部剧本大纲，给我们留下了一个空舞台。

七、正来，你太累了

正来心中有雄伟的计划，他带着这个计划永远地走了。天地不仁，为什么偏偏让他英年早逝？回想起来，这最后的十年，他实在太累了，他是累死的。在这之前，他闭关八年，住在京郊安心地做学问，虽然寂寞、相对贫寒，但起居有序，心境宁静。朋友们都认为，那是他生命中最好的日子。后来，他的生活突然发生了变化，体制向他这个实力雄厚的“学术单干户”招手了。

2003 年 3 月一个傍晚，红接到正来的电话，说他在古月人家等我们，有“终身大事”要商量。我们立即驱车前往，在餐厅坐定，他叙述原委。前些天，吉林大学党委书记张文显把他一家请去，好生招待之后，表明请他任教的诚意，待遇优厚，而且不必上课，只带研究生，每学期只需到校一个星期。当天夜里，他通宵不眠，想了六个小时，翌日提出两个条件：第一，每年招五名研究生，由他挑选，十三年共六十五名，其中必能出人才；第二，不当任何长，不参加任何评定别人或被别人评定的事情。当然，这两个条件被欣然接受。

他急于知道我的意见，说这件事只和我商量。我盛赞他提出的两个条件，它们清楚地划定了要做什么事和绝不做什么事，有了这两条，就保证了他的独立学者的地位。在这个前提下，能够有计划地带学生，同时大部分时间仍可以在北京的家里做学问，何乐不为。

可是，正来是一个多么认真的人，一旦上任，就不可能每学期只到校一个星期了，而是每个月都往那里跑，一边给学生开课，一边办网上“正来学堂”，回复各方邮件，忙得不亦乐乎。看他这么累，而且不久就查出了喉癌，我心中后悔当初没有阻止他进入体制。

然而，更累的还在后面。2008 年，张文显调任，正来寻找新的去处，多家高校争相聘请，最后敲定到复旦大学，创建社会科学高等研究院并任院长。这是一个更大的平台，他踌躇满志，赴任之前兴奋地向我倾谈宏大计划，要办成西方之外的头号研究院。事实证明，他确实能力超常，心想事成，举办大小论坛和暑期班，创办中英文学刊，请顶级学者做研究，请国际大牌做讲演，一件件事办得风起云涌。可是，代价是累，从心想到事成之间，不知付出了多少心血和艰辛，而在举办研究院五周年论坛之后仅仅几天，就被晚期癌症击倒在了病床上。

学界对正来的成就有基本共识，诸多挽联即是证明。追悼会正厅的挽联不知出自谁之手（后来知道是陈平原夫妇），写得非常好：“独立京华五更灯下译西典十年如一日，弄潮海上百战军前擎大旗一日抵十年。”张维迎的也非常好：“人生挥洒，抽烟喝酒，聚友论道，斗室有天下；学术征战，闯北走南，著书育人，一人胜千军。”我的就差多了：“本真性情做真学问十年闭关格致诸义皆正；乃大才子有大气魄一朝设坛切磋群贤毕来。”大家都承认，正来生平的成就，前一半是自己做学问，后一半是组织学术活动，二者皆足可骄人。尤其后者，他以一人之力、短暂之时日做成了许多人用许多年也做不成的事，“一人胜千军”“一日抵十年”并非虚言，因此在悼词中得到了一个“杰出的学术组织者”的称号。

可是，正来啊，你是知道的，我很不希望你做这个杰出的组织者。我是一个平庸的人，只做自己能够掌控的事，例如读书写作，希望你也如此，可以省却与人打交道的许多烦恼。我知道你有这个能力，但能力有时是陷阱，一个人精力多么充沛也是有限的。如果你仍像闭关时那样只做学问，你不会这么累，一定不会这么早逝。而且，在我看来，和组织那些学术活动相比，你的著译对中国学术的贡献未必不是更大。倘若精力能够专注，生命得以延长，你期盼的主要工作何愁完不成啊。

八、正来走得太匆忙

正来走得何其匆忙，从确诊到去世不足一个月，实在太快了，他自己带走了多少憾恨，也给亲友留下了多少憾恨。

他是去年 12 月 27 日确诊的。在这之前两个月里，他已感胃部疼痛，不在意，直到胃出血才入院检查，即有定论。28 日，我们在北京见面，他仍声音洪亮，但如炯的目光中不时掠过一丝哀愁的阴影。29 日，他回上海，马上住进了肿瘤医院。

他的病，一查出就是晚期胃癌并转移，医生说不能手术了。我不懂医，耳闻目睹的病例不少，知道此时化疗弊大利小，不如用中医，一来调养身体，减少痛苦，延长生命，二来或可创造奇迹，因为有先例，当然这是赌博，但绝境中值得一赌。他也同意这个分析。可是，住进了医院，他就做不了主了，从此受西医逻辑的支配。西医的方案是化疗，目标是让肿瘤缩小，然后看是否可以手术。令人不解的是，沪上名中医开了配合化疗、减轻损害的药方，医生也不准服用，理由竟是倘若病情发生不论好坏的变化，将会无法确定原因。正来一直乖乖地听从医生，我和阿良力主他偷偷服中药，他不理睬。事后那位医生说，从医三十几年，没见过这么凶险、发展这么迅猛的肿瘤。是病情特殊，还是治疗不当，现在已无法评说，评说也已没有意义。

按照常例，在最坏的情况下，晚期胃癌病人也是可以活几个月的。其实我心中已做这个最坏的准备，因此觉得有一个责任，就是去上海陪伴他，和他谈话并且录下音来，而这很可能是他最后的思想遗产。和红说起这个想法，她担心正来会觉得是不祥暗示，我一笑，只说了一句："我们这种人！"我当然相信，正来是敢于直面生死的人，这才符合他的水准，现在他不能只是病人而必须更是哲人。我还相信，不让他拥有的广阔精神视野被疾病遮蔽，能够俯看一己的生死，对于战胜疾病只有好处，绝无坏处。

我于 1 月 12 日到上海，在肿瘤医院对面的旅馆里住了三天。到达当天，去病房看他，他躺在病床上，脸色略显灰暗。第一期化疗已开始，每天服药，两天前输液，他说输液后感觉很虚弱。不过，精神尚可，他自己说了起来，声音低而清晰。他说，生命不在于活多少年，中国人看生命从来没有精神这个维度。他一开始说话，我就打开了录音笔，表示以后要整理。他当即郑重地向在场的亲友宣布，凡是他在这些日子的谈话，不管我是否在场，今后都由我整理。我心头一热，含泪点头。啊，真好，我还在犹豫怎样向他说清我的意图，其实全无必要，我们所想完全一致。我只坐了十几分钟，他累了，我告辞。没想到这十几分钟是我们仅有的谈话，后两天我去病房，他更显虚弱了，遗憾地说，这次和我不能深谈了。我们相约，化疗第一期结束后，距第二期有一段间歇，那时我再来。然而，此后他的状态一天天恶化，第一期化疗刚结束，他的生命就戛然而止。

23 日，医生进行第一期化疗后的会诊，决定不再做第二期化疗，只做支持性治疗。因为腹胀，给他抽液，抽出的全是血，医院当天给家属下了病危通知。我得到消息，决定第二天一早去上海，他知道后，让明儿转告我，说他现在说话吃力，等他好些再去。这说明他丝毫没有死的预感。这天夜里他睡得比前几天都深，24 日凌晨，在熟睡中，血压突然掉到了零。我仍赶往上海，但已经不能在真正意义上和他见最后一面了。

正来是在休克中离世的，没有留下任何遗言。有人说，这是好事，避免了临终的痛苦和恐惧。还有人说，这符合他的痛快性格。这么干脆利落地走，也许客观上符合他的性格，但我相信，他主观上绝不愿如此。人在毫无知觉中死去好，还是在清醒中死去好？答案是因人而异的，我坚定地认为，对于灵魂强健的人来说，后者为好。体验由生入死的过程，人生中只有一次机会，错过了岂不可惜。

九、往事栩栩如生，但人生如梦

往事栩栩如生，你在和人谈论时会进入情境，仿佛他还在世似的。可是，你立刻想到他不在了，那些往事没有了承载者，成了飘在空中的梦。此时此刻，人生如梦不是抽象的感叹，而是你最深切感受到的事实。

2013. 3

受伤记

一

午夜的北京。空旷的街道上，灯光暗淡，车辆和行人稀少。

我出差刚回，下了民航大巴，朝前走去，一路和妻子用手机通话。她开车来接我，前方是一条宽阔的横马路，我们约定，她在对面的路口等我。正是绿灯，我开始过马路，左方停车线外有一辆汽车打着强灯，十分晃眼，强光下看不见马路上有别的车影。刚走几步，就发生了意外。

那是一瞬间的事，我突然感觉到脸部遭到猛烈的撞击，立即倒地了。我本能地捂住脸，血流不止，两只手全是血。眼镜掉了，眼前一片模糊，但仍能察知身旁有一辆翻倒的电动车，一个人影站在车边，我知道自己是被这辆电动车撞了。它显然从左方疾驶而来，撞上我后紧急刹车。我对那人说，请帮我找一下眼镜。那人找到了眼镜，递给我，我戴上，站起来，看清他是一个小伙子。他一脸惊慌，不停地问我怎么样，我说我们先去马路边上吧。退回路边，路灯下看他，农民工的模样。他穿着黑色衣服，电动车也是黑色的，在黑夜里闯红灯悄无声息地冲过来，难怪我这个深度近视眼毫不觉察了。

他是个老实人，四周无人，他并不跑掉，仍是一脸惊慌，不停地问我怎么样。看他这个样子，我心里就一点儿不恨他了，甚至生出了一种共患难的怪异感觉。我告诉他，我妻子会开车过来，等她到了再说。

事故发生时，我手里仍握着手机，居然没有掉，已经沾满了血污。我一手捂住一直在流血的左脸颊，一手持手机与妻子通话，报告发生的事情和我此时的位置，让她赶紧来这边。妻子到达后，要和小伙子论理，我说别说了，让他走吧，我们赶快去医院。

二

北京口腔医院急诊室。一个年轻的男医生为我处置伤口，打麻药，缝针，完成之后，我问缝了几针，他说伤口很深，里面五针，外面十一针，一共十六针。他叮嘱我第二天来医院拍片，颧骨很可能骨折，要做手术。

离开前，医生问那个肇事者呢，我说我让他走了，医生很惊讶。我解释说，第一他治不了我的伤，第二我无意让他出医疗费，所以把他带来无意义。加上一句：他在旁边，我看着还心烦呢。医生说你真宽容。

我在微博上发布了事故消息，网友们十分关心，纷纷慰问，阅读逾千万，转载逾万，留言近九千。对于我放走肇事者，多数人夸我宽容，少数人责我纵容。我说一说我的真实心理吧，事情无关乎境界，我只是比较理智罢了。受伤之后，我头脑非常清醒，明白当时要做的只是一件事，就是立即去医院止住血，控制住可能的危险，为此必须排除任何干扰。当时我不知道自己受伤的程度，哪怕严重得多，甚至有生命危险，把肇事者带在身边有何用，追究其责任又有何意义？即使他不是农民工，有赔偿能力，我的态度依然，就是不纠缠。吃多大的亏，我也不愿与人纠缠，这几乎成了我的一个本能，这个本能在危急时刻下达了明确而断然的命令。

至于责备我纵容肇事者，未让其吸取应有的教训，我想说的是：对不起，在救自己性命要紧的关头，就恕我不承担这个教育使命了吧。电动车的乱象有目共睹，我也深恶痛疾，但须由政府部门下力气治理，不是我这个受害者教育一下某个肇事者就能够改善的。具体到这个肇事者，我相信他是好人，而一个好人的良心是无须强迫就会发生作用的。

三

CT 拍片的结果是，左侧颧骨一处骨折，颧弓两处骨折，有移位，建议手术。我住进北京大学口腔医院，在那里做了手术。

主刀医生是一位中年男士，憨厚，斯文，有些腼腆。凑巧的是，他喜欢我的书，我觉得太有缘了。一般是切开头皮做这种手术的，以避免脸上留疤痕，整容就是这样做的，我听了觉得恐怖。鉴于我脸上已有伤口，医生决定采用不同的方案，把已缝合的伤口切开，通过这个口子操作，复位断骨并用钛板固定。我感谢脸上的伤口，它帮我躲过了切头皮的恐怖情景。

手术是在全麻下进行的，持续一个半小时，很顺利，醒来一身轻松。生平第一回全麻，预警的种种副作用在我身上并未出现，我甚感满意。接下来就是静养了，慢慢等待伤口愈合、体力恢复。脸上留疤痕想来是免不掉的了，凡免不掉的事，就平静地接受吧。妻子端详我的伤口，调侃说，以后要不酷也难。我说，文弱书生也能酷，难得。一位女友安慰说，男人不靠外貌，靠精神。我说是啊，以后只好全靠精神了。我对自己说："这是上帝给了我一个机会，要我进一步超脱肉体。"

今年以来，这个肉体老出毛病，受了许多罪。前些日子做胃镜检查，让我决定是否选择无痛，所谓无痛就是全麻，我忽然意识到，是时候了，应该练习忍受肉体痛苦的能力了，就选择了有痛。人到老年——我多么不愿意承认这一点——病痛会逐渐增多，这个年龄的一个任务就是学习忍受肉体痛苦，把它当作客观之物接受。这实际上是在有意识地和肉体拉开距离，从而变得精神化。我相信，人生最后一个阶段的主要使命是精神化，让灵魂上升到肉体之上，淡然于肉体的遭遇，为诀别肉体做好准备。

四

事后许多次回想事故发生的那个时刻，我发现自己是幸运的。可以断定，我是被那辆电动车的金属把手撞击的。如果被撞击的部位往下一点儿，口腔里的众牙齿就会遭殃，从而留下长久得多的痛苦和麻烦。如果往上一点儿，左眼失明几乎是必然的。如果再往上一点儿，被撞击的是头颅，恐怕就性命不保了。事实上，每天在车祸中丧生的人还少吗?

所以，相比之下，颧骨创伤，脸颊留疤，破相，就都算不了什么了。

朋友们也一致认为，这是不幸之中的大幸。还有的朋友断定说，这是小灾去大灾。

话题一涉及命运，我就不知道该说什么了。一件已经发生的事情，当然会有无数复杂的因果关系导致它的发生，但是，对于这种复杂关系，我是弄不清并且不想去弄清的。一件已经发生的事情，也许会是命运图谱中的神秘符号从而影响到今后，但是，对于这种神秘关系，我也是弄不清并且不想去弄清的。我的认识仅限于知道，这件事情已经发生了，情况还不算太坏，那么，就让我带着这件事情的小小后果——比如说脸上的疤痕——好好地活吧。是的，即使脸上有疤痕，活着仍是美好的。

我当然还知道，世事无常，人生苦短，一切美好都是暂时的。但是，我决定搁置这类形而上的思考，逗留在当下的美好之中。

我出院了，真好，迎接我的是灿烂的阳光。

2013. 10

第八辑

生命考卷

人生没有假如

王甲请我为他的书取名，读完稿子，这个书名在我脑中油然而生：《人生没有假如——一个渐冻人的悟和行》。

四年前，这个意气风发的青年设计师突然发现自己的身体发生了某种变化，说话和行动越来越困难，不久后确诊为肌萎缩侧索硬化症，英文简称 ALS，俗称渐冻症。随着病程的进展，他眼看着自己的身体机能一步步萎缩，终于到了整个身体只有眼珠能动的地步。

一种患病概率只有十万分之四的绝症突然选中了自己，怎能不感到委屈和痛苦，但王甲没有沉溺于此，他很快选择了坦然接受这个意外，接受从此和常人不同的命运，接受死亡随时会到来的事实。他的这个态度，既是勇敢的，也是智慧的，令人敬佩。我们都会说命运无常，可是，一旦厄运降临，往往会陷在假如厄运没有降临的思路里，把命运的突变感受为生活的毁灭，丧失继续前行的勇气。然而，人生没有假如，已经发生的厄运，只有面对它、接受它，从而在命运的新的规定下走出一条新的路来。在某种意义上，厄运好比是上帝给凡人出的一道试题，测试其灵魂的品质，王甲以极为优异的成绩通过了考试。他把命运的转折当作一种人生使命来接受，决心把生命中的不同变成属于自己的真正的不同，用独特的姿态行走人生。他是这样想的，也是这样做的。

在王甲的前方，有一个伟大的榜样，就是患同样疾病的霍金。他对自己说："霍金，一个不到七十斤的男人，他支配不了自己的身体，却拥有整个宇宙。"在给他的信中，霍金也勉励他："将您的目光放到残疾不能阻挡的事业之上，并且坚定地将它做下去。"渐冻症患者虽然失去了行动的能力，但感觉、记忆、思维都完好无损，这反而使王甲看世界的眼光更加敏锐而清澈。于是我们看到，他起先用一根手指，在手指也不能动了以后，用眼神的示意指挥助手移动鼠标，设计出了近百件构图纯美、意蕴深刻的作品。其中，有相当数量是为重大事件、活动设计的公益海报、广告、标志，产生了广泛影响，而获得的报酬大多捐给了慈善事业。在通常的概念中，残疾人只是慈善的对象，而王甲代表残疾人颠覆了这个概念。正如他所说，他所创作的小小的图片里包含着大大的梦想，表达了他对生活的热爱，而世界也从中感受到了他的生命的温度。

不能不提及的是，王甲在患病之后能够开创新的精彩人生，支撑他的还有一种巨大的力量，那就是爱和感动。许多陌生人关爱他，帮助他，书中讲述的莲姐、虹妈妈在最关键的时刻如同天使出现在他的世界里，使他在黑暗中看到了光明。他说得好："感动是有方向的，感动是美好的，感动是来自心底的。它有颜色，有味道，亦有力量。"这个力量推动他继续传递爱，因为尝到了被赠予的快乐而去赠予，去帮助别的需要帮助的人。在他的感召下，中国的"渐冻人"群体受到了社会各界更多的关注。有人说，王甲是被上天选中的人，被选中来替这个群体承担更重要的使命。我相信这个判断。

在一首诗里，王甲写道："我本是天空之水，落入凡尘……我被一点点地冻结，寒气使我不能奔流，最后把我冰封成一个在阳光里的冰雕。”我要对王甲说：你的确是天空之水，而天空之水是不会冻结的，我分明看见你的生命依然奔腾在灿烂的阳光里。

补记：写完这篇序的第二天，我在北京的一个寓所里见到了王甲。他靠在轮椅上，而他全身唯一能动的眼睛是那么澄澈、年轻、聪明，充满着喜悦。电脑上已安装特殊的软件，他用眼睛的注视操纵鼠标，与我交谈，表达与我相见的快乐。墙上贴着他生病以前的青春喷薄的照片和优美的书法，以及生病以后的设计作品。这是一个多么可爱的青年。我的最强烈感觉是，倘若人生有假如、假如厄运没有降临他该多好啊，而假如是我处在他的境遇中，我很可能做不到像他这样坦然面对。他说他崇拜我，我听了万分羞愧，我告诉他，他才是值得我崇拜的，他的精彩的生命照亮了许多人，也照亮了我。

2012. 5

可爱的于娟

我是在读《此生未完成》这部遗稿时才知道于娟的，离她去世不过数日。这个风华正茂的少妇，拥有留洋经历和博士学位的复旦大学青年教师，在与晚期癌症抗争一年四个月之后，终于撒手人寰。也许这样的悲剧亦属寻常，不寻常的是，在病痛和治疗的摧残下，她仍能写下如此灵动的文字，面对步步紧逼的死神依然谈笑自若。我感到的不只是钦佩和感动，更是喜欢，这个小女子实在可爱，在她已被疾病折磨得不成样子的躯体里，仍蕴藏着多么活泼的生命力。

于娟是可爱的，她的可爱由来已久，我只举一个小例子。那是她在复旦读博士生的时候，一次泡吧，因为有人打群架，她被误抓进了警察局。下面是她回忆的当时情景——

> 警察开始问话写口供，问到我是干什么的，我说复旦学生，他问几年级，我说博一。然后警察怒了，说我故意耍酒疯不配合。我那天的穿戴是一个亮片背心，一条极端短的热裤，一双亮银高跟鞋，除了没有化妆，和小阿飞无异。小警察鄙视的眼神点燃了我体内残存的那点子酒精，我忽的一声站起来说："复旦的怎么了，读博士怎么了，上了复旦读了博士非得穿得人模狗样

不能泡吧啦？”

她的性格真是阳光。多年后，在死亡阴影的笼罩下，这阳光依然灿烂，我也只举一个小例子。在确诊乳腺癌之后，一个男性亲戚只知她得了重病，发来短信说：“如果需要骨髓、肾脏器官什么的，我来捐！”丈夫念给她听，她哈哈大笑说：“告诉他，我需要他捐乳房。”

当然，在这生死关口，于娟不可能只是傻乐，她对人生有深刻的反思。和今日别的青年教师一样，她也面临着双重压力，一是体制内的职称升迁，二是现实生活中的买房买车，并且似乎不得不为此奋斗。现在她认识到——

我曾经的野心是两三年搞个副教授来做做，于是开始玩命想发文章搞课题，虽然对实现副教授的目标后该干什么，我非常茫然。为了一个不知道是不是自己人生目标的事情拼了命扑上去，不能不说是一个傻子干的傻事。得了病我才知道，人应该把快乐建立在可持续的长久人生目标上，而不应该只是去看短暂的名利权情。名利权情，没有一样是不辛苦的，却没有一样可以带去。

生不如死九死一生死里逃生死死生生之后，我突然觉得一身轻松。不想去控制大局小局，不想去多管闲事淡事，我不再有对手，不再有敌人，我也不再关心谁比谁强，课题也好、任务也罢，暂且放着。世间的一切，隔岸看花、风淡云清。

在生死临界点的时候，你会发现，任何的加班，给自己太多的压力，买房买车的需求，这些都是浮云，如果有时间，好好陪陪你的孩子，把买车的钱给父母亲买双鞋子，不要拼命去换什么大房子，和相爱的人在一起，蜗居也温暖。

我相信，如果于娟能活下来，她的人生一定会和以前不同，更加超脱也更加本真。她的这些体悟，现在只成了留给同代人的一份遗产。

一次化疗结束后，于娟回到家里，刚十九个月的儿子土豆趴在她的膝盖上，奶声奶气唱“世上只有妈妈好，有妈的孩子像个宝”。她流着泪想：也许就差那么一点点，我的孩子变成了草。她还写道：“哪怕就让我那般痛，痛得不能动，每日污衣垢面趴在国泰路政立路的十字路口上，任千人唾骂万人践踏，只要能看着我爸妈牵着土豆的手去幼儿园上学，我也是愿意的。”还有那个也是青年学者的丈夫光头，天天为全身骨头坏死、生活不能自理的妻子擦屁股，说得最多的一句话是“我求老天让你活着让我这样擦五十年屁股”。多么可爱的一家子！于娟多么爱她的孩子和丈夫，多么爱生命，她不想死，她绝不放弃，可是，她还是走了……

我不想从文学角度来评论这部书稿，虽然读者从我引用的片断可以清楚地看到，于娟的文字多么率真、质朴、生动。文学已经不重要，我在这里引用这些片断，只因为它们能比我的任何言说更好地勾勒出于娟的优美个性和聪慧悟性。上苍怎么忍心把这么可怕的灾难降于这个可爱的女子、这个可爱的家庭啊。

呜呼，苍天不仁！

2011.5

死亡是生命的毕业考试

《生命的肖像》是一本很特别的书。德国摄影师瓦尔特·舍尔斯和作家贝阿塔·拉考塔，若干年里深入一家临终关怀医院，用镜头和文字记录下了二十几位受访者的生命最后时光，向读者展示了临终者的众生相。

这里远离新闻，发生在这里的死亡不像战争、灾难、凶杀那样有轰动效应，但因此和我们每个人有更密切的关系。我们中的大多数人可以相信自己不会死于非命，可是，面对普通的死亡，我们就很难不让自己产生不安的联想了。一个残酷的事实是，大多数人都不是无疾而终的，而是在备受某种疾病——例如本书许多受访者所患的晚期癌症——的折磨之后死去。这使得我们在读这本书时好像在被迫做某种预习，既感到分外沉重，又不由自主地陷入沉思。

人们平时总在回避死亡，而通过本书我们看到，即使到了无法回避的时候，人们往往仍继续回避。弗洛伊德说："没有人真正相信自己会死。"一个临终者只要意识还清醒，就仍会对生命的延续抱有幻想。这种对于死亡的否认和拒绝，既是出于求生的本能，也是出于对死亡的恐惧。恐惧也是一种本能，正因为死亡近在咫尺，它就更显得是一个陌生之物，无人能免除对它的恐惧。

不但临终者本人，而且周围的亲人、朋友、探视者，也往往对死亡持回避的态度。通常的情形是，他们言不由衷地鼓励病人与疾病做斗争，预言他会好起来，假装一切正常，跟他谈论一些琐事。这种虚伪的氛围把临终者逼入了彻底孤独的境地，使他越发感到自己和继续活下去的人们之间隔着一条鸿沟，只有他孤身一人绝望地面对着他自己的死。

与临终者交谈的确是一件困难的事。你似乎不能直接谈论死亡，因为临终者仍在本能地拒绝死亡。你似乎又不能一语不发，于是只好说些言不由衷的鼓励话和言不及义的废话了。但是，深入分析，这种尴尬在很大程度上是探视者自己对死的态度造成的，如果你是一个勇于正视自己的死的人，你在与临终者交谈时就不会刻意回避死亡话题了。

事实上，虽然心怀恐惧，临终者更不能忍受的是虚伪。出乎本书作者意料的是，所有的受访者都愿意谈论死亡，而这个话题一直是来探视他们的亲友避之唯恐不及的。临终者内心是矛盾的，一方面恐惧和拒绝死亡，另一方面知道自己必死，不接受也得接受。诚实的谈话会有助于改变两者的比重，帮助他们达成人生的最后一项成就——平静地接受死亡。在本书中，不乏这样的例子。一位受访者自己拟定了讣告的文字：“在某年某月某日，我回家了。”她告诉作者：“只需要添进去日期了。”另一位受访者把死亡称作“生命的毕业考试”，她谢绝了任何延长生命的技术，为葬礼预付了钱，然后安静地等待死亡来临的那个时刻。

近三十年来，在发达国家，临终关怀运动和姑息镇痛医学成了重症濒死病人的福音。在这方面，我们差距甚大，有待改善。按照我的理解，其中起支配作用的是一种观念，就是当生命确实不可挽救时，无论病人、亲属还是医生，都应该坦然面对死亡，目标不再是延长生命，而是使病人在生命的最后日子里得到人道的关怀，减除肉体的痛苦，能够以尊严的方式死去。所以，我要用临终关怀医院的首倡者希思黎·萨德斯的一句话来结束这篇序言：“只有当我们不再把死亡当作禁忌，我们才能建立起一种与自己的死亡之间的人性的关系。”

2011.5

医患共识：医学的局限性

中国医患矛盾突出，原因是多方面的，其中之一是对医学的局限性缺乏共识。

医学在 19 世纪尤其 20 世纪获得了巨大进步。从内科看，自古以来，微生物（细菌、病毒）感染性疾病曾是致死的主要原因，由于磺胺类药物、抗生素和抗病毒剂（疫苗）的发明，这类疾病的多数得到了控制，其中杀伤力最大的鼠疫、天花、麻疹、伤寒、结核、白喉、脑膜炎等已基本绝迹。从外科看，外科在欧洲曾经是理发匠的手艺，一直用刀、锯子做手术，用烙铁止血和防止感染，由于麻醉、消毒、无菌技术的发明，外科才真正成为医学。医学进步的最有力证据是全球人均寿命极大地增加。

但是，医学在进步的同时也凸现了其局限性。首先，细菌会对抗生素产生抵抗力，抗生素本身也会对机体造成损害。其次，新微生物的出现，导致诸如艾滋病、埃博拉等新的感染性疾病流行，迄今尚未研制出有效的抗病毒剂。再次，癌症、心血管疾病、器官衰竭、老年性痴呆等退化性疾病，以前因为人均寿命短而未及显露，现在已取代感染性疾病成为死亡的主要原因。

当然，医学还会继续进步，某些今天不可治的绝症，有一天也许会被医学攻克。但是，上帝永远会给医学出难题，把新的不治之症撒向人间。人终有一死，规定了医学的根本局限性，有其不可逾越的界限。医学不论怎样发展，都不可能让人免于最终必然到来的死亡。人们常说医学的使命是救死扶伤，其实救死是暂时的、有限的，不是永远的、无限的。死亡会以不同方式降临，而疾病是最普遍的方式。在某种意义上，退化性疾病是死亡的一种基本形式，医学只能延缓其进程，不能根治。可以断言，医学无论先进到什么程度，永远会存在它征服不了的疾病。应该据此来确定医学的边界和目标，就是治可治之病，对于不可治之病，则重点放在改善生命质量，而非苟延生命长度。医生和病患对此要达成共识。

从医生这方面来说，不可有意无意地给病患制造医学万能的错觉，助长此种幻想。这种情况是存在的，其原因可能是对病患及家属的同情，可能是职业的虚荣心，而最应警惕的是出于获利的动机，肆意扩张医学的边界。后者具体表现在：第一，过度诊查和过度治疗，造成医源性伤害。相当数量的癌症病人很可能是提前死于化疗之类所造成的医源性伤害。事实上，和一般家庭相比，医生及家属服药最少，在疾病不可治的情形下也最能明智地放弃过度治疗。第二，把生活医学化，正常的生理过程例如生、老、死、女人的怀孕和分娩皆被视为病，被置于医生的控制之下。第三，在诊治上独断专行，病患完全没有发言权。治病是病患最切身之事，有权了解可供选择的不同方案并表达意见，如果不可救治，有权了解实情并做好精神准备。

从病患这方面说，也要认识到医学的局限性，破除医学万能的幻想。病患抱有此种幻想，一是因为对医学无知，二是出于对死亡的恐惧。中国人缺乏宗教信仰，有很深的生死迷惑，即使大限临头仍盲目地拒绝死亡，这种精神状态导致相当一些病患和家属宁愿高估医学的能力，随之而来的是医治失败后对医生的苛责和愤恨。

鉴于医学的局限性，我们今天有必要调整对医学的性质的认识。古代医学是哲学，希波克拉底、盖伦、阿维森纳同时是哲学家，并主张医生必须学习哲学。中医也是《易经》在医学上的运用，其特点是整体论，强调人与自然是整体，人体是整体，身与心是整体，疾病源于三者的失调，治疗则力求恢复其协调，所面对的是整体的人而非单一的疾病。现代医学是科学，力求通过各种技术精确地确定疾病的病理，制定治疗方案，其利是能够比较有效地治疗许多单一的疾病，其弊是丧失了整体观。应该恢复医学的哲学品格，在充分发挥现代医学科学的优点的同时，更多地着眼于病人的整体状况包括精神状况，把病患当作整体的人，确立以患者整体生命质量和心理感受为中心的治疗目标。

美国医生特鲁多的墓志铭已是医界名言：“有时去治愈，常常去缓解，总是去安慰。”我认为这句话永远不会过时。医学无论多么进步，始终存在不能治愈只能缓解的疾病，而疾病无论可治不可治，安慰是永远需要的。安慰，即医患之间人性化的交流和合作关系，能够使可治之病的治疗效果更好，也使不治之病人获得最后的尊严。

（本文为2014年8月16日在中国医院论坛上的发言）

第九辑

思想万花筒

直觉优先

1. 厌恶比喜欢更加本能

厌恶比喜欢更加本能。在环境、时尚、潮流的影响下，人们容易没头没脑地喜欢一样东西，可是你若厌恶一样东西，那多半是你自己的真实秉性和内在经验在说话。所以，喜欢可以模仿和传染，厌恶却不能，一旦产生则又难以克制。当然，人们也会追随权势和舆论去声讨一样东西，但这往往出于利害的计算，和厌恶是两回事，其中真正起作用的情感，在一些人是野心，在另一些人是恐惧。

2. 厌恶反映你的本质

厌恶比喜好更能反映一个人的本质。喜好的原因是多种多样的，可以是出自心灵，也可以是缘于感官，可以是出自个性，也可以是缘于时尚。相反，厌恶往往是出自心灵深处和个性特质的一种不由自主的反应。

在社会关系领域，厌恶也比喜好属于更深的层次。因为共同的喜好，人们结为同伴，因为共同的厌恶，人们才成为同志。

3. 直觉优先

看见一个人，你是不是喜欢，遇见一件事，你是不是赞成，一开始你是会有一个直觉的，你要相信这个最初的直觉，它往往是正确的。

对于每个人来说，直觉是自己的，是自己的天性和全部经验在瞬间发出的声音，而观念多半是外来的，是接受社会成见和他人意见的结果。

但是,观念具有强大的力量,人们很容易在观念的支配下想问题，久而久之便成习惯，使得自己的直觉迟钝了，甚至丧失了。

所以，你要记住，看人处事理应直觉优先，尽量排除固有观念的干扰。

4. 内在自我的表态

在一定意义上,可以把“认识你自己”理解为认识你的内在自我，那个使你之所以成为你的核心和根源。认识了这个东西，你就心中有数了，知道怎样的生活才是合乎你的本性的，你究竟应该要什么和可以要什么了。

然而，内在的自我必定也是隐蔽的，怎样才能认识它呢？我觉得我找到了一个方便的路径。事实上，我们平时做事和与人相处，这个内在自我始终是在表态的，只是往往不被我们留意罢了。那么，让我们留意，做什么事，与什么人相处，我们发自内心感到喜悦，或者相反，感到厌恶，那便是内在自我在表态。就此而论，认清你自己最真实的好恶就是认识了你自己，而你在这个世界上倘若有自己真正钟爱的事和人，就可以算是在实现自我了。

5. 单纯未必会上当

你这个人太单纯了，会上当的！——是吗？我的看法正相反。心灵单纯的人，未受利益和成见的扭曲，直觉比较准确，对于人性的善恶有一种本能的觉知，某个人可交不可交，往往未经思索就做出了取舍。当然也会有判断错的时候，但是，与心灵复杂的人相比，出错肯定少得多。

人性观察

1. 真实的人性

人皆有弱点，有弱点才是真实的人性。那种自己认为没有弱点的人，一定是浅薄的人。那种众人认为没有弱点的人，多半是虚伪的人。

人生皆有缺憾，有缺憾才是真实的人生。那种看不见人生缺憾的人，或者是幼稚的，或者是麻木的，或者是自欺的。

正是在弱点和缺憾中，在对弱点的宽容和对缺憾的接受中，人幸福地生活着。

2. 最动人的时刻

在伟人的生平中，最能打动我的不是他们的丰功伟绩，而是那些显露了他们的真实人性的时刻。其实普通人也一样，人人在生活中都有这样的时刻，而这样的时刻都是动人的。这使我相信，任何人只要愿意如实地叙述自己人生中刻骨铭心的遭遇和感受，就都可以写出一部精彩的自传，其价值远远超过那种仅仅罗列丰功伟绩的名人传记。

3. 真实才成其伟大

天赋、才能、眼光、魄力，这一切都还不是伟大，必须加上真实，才成其伟大。真实是一切伟人的共同特征，它源自对人性的真切了解，并由此产生一种面对自己、面对他人的诚实和坦然。

精神上的伟人必定是坦诚的，他们足够富有，无须隐瞒自己的欠缺，也足够自尊，不屑于用作秀、演戏、不懂装懂来贬低自己。

4. 率性和任性

要率性，不要任性。二者的区别在于，率性是由健康的天性引导，顺应本我，不在乎功利、习俗和舆论；任性是被错误的情绪支配，固执己见，听不进良知的呼声和善意的忠告。

在具体的场合，二者容易发生混淆。一般规律是，在他人眼中，前者常被当作后者；在自己眼中，后者常被当作前者。

鉴于健康的天性如此稀少因而可贵，他人在评判时应当留心并予以爱护。鉴于错误的情绪如此多发因而讨嫌，自己在评判时应当警惕并加以克服。

5. 傻和蠢

单纯的人也许傻，复杂的人才会蠢。这是我多年前写的一句话，现在仍觉得有理。单纯的人吃亏，往往是因为轻信别人的善良，这是傻。复杂的人吃亏，往往是因为高估自己的精明，这是蠢。二者都出了错，但傻情有可原，蠢罪有应得。二者都有可笑之处，但傻不失可爱，蠢而且可恨。

6. 脸蛋

如果上帝给了你一张漂亮的脸蛋，你要留心，这是对你的灵魂的一个考验。如果你的灵魂平庸，这平庸会反映在脸蛋上，把漂亮现形为粗俗。

如果上帝给了你一张丑陋的脸蛋，你要宽心，这是给你的灵魂的一个机会。如果你的灵魂优秀，这优秀也会反映在脸蛋上，把丑陋修正成独特。

7. 不要致力于改变性格

一个人的性格的优点和缺点是紧密相连的，是一枚钱币的两面，消除了其中一面，另一面也就不存在了。所以，在享受性格之利的同时，承受性格之弊，乃是题中应有之义，只须把这个弊限制在适当的范围内就可以了。如何限制？就是发扬性格本身的长处，抑制短处的真正力量在此。

一个人不应该致力于改变自己的性格，最好的办法是扬长避短，把长处发扬到极致，短处就不足为害了。事实上，在相同性格类型的人里面，都既有成大事者，也有一事无成者，原因多半在此。

8. 投射和移情

人是会爱自己的受惠者、恨自己的受害者的。原因可能有二。

其一是投射作用：施惠于人，心中积聚的是正能量，心中的光明也投射到了受惠者身上；加害于人，心中积聚的是负能量，心中的阴暗也投射到了受害者身上。其二是移情作用：施惠于人，自己也置身于受惠者的感恩心情中，因此心生喜爱；加害于人，自己也置身于受害者的怨忿心情中，因此心生仇恨。

9. 每个人发怒时都是病人

先生事业不顺，心情不佳，易发脾气。太太一肚子委屈，恶语相向。我劝这位太太道：你何不换一个眼光看先生，把他当作病人？太太若有所悟，面露微笑。

其实，我们每一个人，至少在某个时刻，例如在发怒时，都是一个病人。如果我们能够这样去看别人，尤其是自己的亲人，许多冲突都可化解。

可以平凡，但不可平庸

1. 重视亲历亲见

我相信，每个人如果肯认真地对待自己的亲历亲见，由此来形成自己对事物的看法，那么人人都能说出一些让别人感兴趣的有价值的话。可惜的是，人们往往非常马虎地对待自己的亲历亲见，不愿花时间来回味和思索，留在记忆中的只是一些零乱的印象。于是，一旦开口说话，说出的多半是社会上的定见，自己的亲历亲见几乎不起作用，人云亦云遂成普遍现象。

2. 请写一本自传

你的人生很有成就，你的经历很不平凡？好吧，请写一本自传给我看，我可断定，如果你内心贫乏，你的自传一定十分无趣。相反，如果你内心丰富，即使你无甚成就，经历平凡，你的自传也会十分有趣。这足以证明，和外部遭遇相比，内心经历是人生更实在也更精彩的内容。

3. 可以平凡，但不可平庸

世上有非凡之人，也有平庸之辈，这个区别的形成即使有天赋的因素，仍不可推卸后天的责任。一个人不论天赋高低，只要能够意识到自我的独特性并且勇于承担起对它的责任，就都可以活得不平庸。然而，这个责任是极其沉重的，所以人们避之唯恐不及，宁可随大溜、混日子，于是成为平庸之辈。

4. 习俗和舆论

那些妨碍我们成为自己的东西，比如习俗和舆论，我们之所以看重它们，是因为看不开。第一个看不开，是患得患失，受制于尘世的利益。可是，人终有一死，何必这么在乎。第二个看不开，是眼光狭隘，受制于身处的环境。你跳出来看，就会知道，地理的分界、民族的交战、宗教的倡导，这一切都别有原因，你降生于这个地方、这个民族、这个宗教传统纯属偶然，为何要让这些对你来说偶然的东西——它们其实就是习俗和舆论——来决定你的人生呢？摆脱了这些限制，你就会获得精神上的莫大自由。

5. 两样最好的东西

老天给每个人两样最好的东西，这两样东西对于每个人来说都是独一无二的，一是你的生命，二是你的天赋。人生的意义，就在于好好使用和享受这两样东西。

6. 禀赋与人生的定向

出自真心的喜爱，自发的不可遏制的兴趣，是一个人的禀赋的可靠征兆，这一点不但在教育学上是成立的，在人生道路的定向上也具有指导作用。

7. 请走开

如果有人在我面前毕恭毕敬，一副虚心求教的样子，我会无话可说，甚至会觉得非常无聊。请谈谈你自己为之激动的一个思想，请提出一个有意思的问题和我讨论，请对我的一个论点发表不同的见解吧，如果这些都做不到，那么，请走开吧。

世间众生相

1. 人品的试金石

有的人一有机会就不失时机地暴露其卑鄙的人格。比如哪怕只是做了一个办事员，手里有了一点儿小小的权力，他就立刻露出丑恶的嘴脸，即使你去办一个正常的手续，他也会百般刁难，以显示他的重要。

权力是人品的试金石，权力的使用最能检验出掌权者的人品。恶人几乎本能地运用权力折磨和伤害弱者，善人几乎本能地运用权力造福和帮助弱者，他们都从中获得了快乐，但这是多么不同的快乐，体现了多么不同的人品啊。

一切世俗的价值，包括权力、财富、名声等，都具有这样的效应，彰显了乃至仿佛放大了其拥有者的善和恶。

2. 颠倒的个人主义

在人生追求上，中国人心中往往没有自我，只有他人，大家在争夺什么，我也就要什么。于是，名利场上熙熙攘攘，一片繁忙之景。

在公共道德上，中国人眼中往往没有他人，只有自己，我做什么，完全不顾及他人的感受。于是，公共场所吵吵嚷嚷，一片喧哗之声。

这是中国人的颠倒的个人主义。

3. 雨天的遭遇

雨天，你打着伞，在一条狭窄的街道上行走。路上有积水，你尽量靠边，小心翼翼，怕汽车驶过时水溅在你身上。你看不清驾车人的面孔，但这时你能格外分明地看清他的灵魂，或者说，看清他有没有灵魂。有灵魂的驾车人一定会减速，生怕溅起水来。相反，一辆车呼啸而过，溅你一身水，你可以有把握地断定，里面坐着一个没有灵魂的人。

有做人尊严的人，一定也尊重他人。同样，不把别人当人的人，暴露了首先不把自己当人。

4. 电波中传送多少废话

大街上，常常看见有人边走边打手机。走近一听，说的往往是鸡毛蒜皮的事，比如，家庭妇女在说午饭吃了什么，某个菜怎么做，姑娘在说逛了什么商场，看了什么电影，当然，商人在说生意上的事，在讨价还价。我很惊异，即使见了面，我也没有这么多话要说，也不会说这些事。

因为手机的普及，有多少废话在无线电波中传送啊。

人生小场景

1. 风景

看见一个美丽的女人，你怦然心动。你目送她楚楚动人地走出你的视野，她不知道你的心动，你也没有想要让她知道。你觉得这是最好的：把欢喜留在心中，让女人成为你的人生中的一种风景。

2. 可能性

路上迎面遇见一个女子，你怦然心动，她走过去了，你随即就忘记了她，也忘记了你刚才的怦然心动。

有一回，也在这样的邂逅之后，你开始思索怦然心动的原因。

当然，女子都比较可爱，但能看出不同的性格，或活泼，或端庄，或阳光，或忧郁，如此等等。在你怦然心动的那个瞬间，你是感觉到了你和她之间的一种可能性，那肯定不只是肌肤之亲，而是一种完整的生活。茫茫天地间的你和她，是完全可能结成伴侣、组成家庭乃至生儿育女的，而因为她的这一种性格，你就会和她拥有这一种生活了。

在你怦然心动的那个瞬间，你的另一个自我，那个不受你的实际生活束缚的自我，那个哲学的、文学的自我，经历了另一个人生。

3. 假如

假如死于那次车祸的人是我，会怎么样呢？怎么样也不会的！不错，我就没有后来的一切了，但没有了就没有了，对这个世界不会有任何影响，一个没有我的世界和以前不会有任何区别。

当然，亲人啊。仅仅是亲人们的生活轨道被彻底打乱了。说到底，和你命运真正休戚相关的唯有你的亲人。

4. 离别

离别的苦，仔细分析起来，包含三层意思。其一，人生聚散不定，一别之后，不知何时再聚，也可能再聚无日，一别竟成永诀。其二，命运莫测，别后不免为对方担心，有了无穷的牵挂。其三，生命短暂，青春相别，再见时也许皆已白头，彼此如同一面镜子，瞬间照出了岁月的无情。总之，人生之所以最苦别离，正因为离别最使人感受到了人生无常。

5. 观念的支配作用

观念对于心态和行为有支配的作用。比如走路，你步行去某地，为了办一件具体的事务，只想着快快走完这段路，你就会觉得走路是纯粹的支出，是一件苦事。相反，如果你把步行本身当作健体的运动，同样是快步行走，你却会觉得走路是完全的收入，是一件乐事。推而广之，我们无论做什么事，如果只是因为喜欢这件事本身，做事的过程就会是享受，如果是把这件事当作达到某个功利目的的手段，做事的过程就会是痛苦。

6. 把自己想象成一条鱼

游泳的时候，我把自己想象成一条鱼，从来都生活在水中，并将永远生活在水中，水就是我的生存环境，于是感到从容而愉快。相反，如果总记着自己是一个人，现在是在锻炼身体，必须游完多少米，游泳就成为一件艰苦而无趣的事了。

令人心碎的无奈

1. 令人心碎的无奈

儿子五岁夭折，这是爱默生一生中最悲痛的事情。可是，就在这个灾难发生五天之后，他在日记里写道："我知道，悲痛会慢慢淡漠，人家又会逗我笑乐，我又将在小小的希望和小小的恐惧面前躬腰曲背，把墓园忘掉。"

作为一个有过相似经历的父亲，我深知爱默生写这些话时的无奈，这无奈比悲痛更加令人心碎。

亲骨肉——以及一切诚挚相爱的人们——生离死别，阴阳隔绝，一方面是无比悲痛，因为永无重聚的希望，另一方面这悲痛却似乎不可避免地会被琐碎的日常生活冲淡，而事实上只是被掩盖了而已，因为其实质没有发生一丝一毫的改变。

那么，苦难之子啊，不必为此自责。须知巨大的悲剧与日常生活中琐屑的悲欢不在同一个层面上，所以，前者不会阻挡后者，后者也不会亵渎前者。

2. 牵挂

一个亲密的友人走了，世界喧闹如故，仿佛什么也没有发生。但是，这喧闹于我遥远而隔膜，这个世界因为不复有他，和我之间的距离也一下子拉远了。爱情、亲情、友情，这些最具体的人间情感，原是一个人与世界之间最紧密的纽带，任何至亲之人的离去，都是一条纽带的断裂，同时也增加了一份对天国的牵挂，这牵挂是天国存在的证明。

3. 生活本身的逻辑

至亲之人最不敢想象的是一朝永别，然而，这个日子必然到来，令人徒唤奈何。

不过，请观察一下实际生活中的情形，当死神真的唤走了其中一人时，另一人会怎样？他（她）当然会悲痛欲绝，但不管多么悲痛，他一定会慢慢地接受这个无情的事实，然后继续生活下去。

我认为这种情形十分正常。一个人既然面对自己的死也是无助的，那么，就不必为面对另一人的死的无助而苛责自己了，即使那是至亲之人。这是生活本身的逻辑，大自然不把超出其规定的责任加在相爱者身上。

4. 割断尘缘

死是尘缘的彻底了断。无论你多么爱你的亲人，死都不容置疑地割断了你和他们之间的一切联系。即使有不死的灵魂，你在天国或来世的生活和他们也是没有丝毫关系的了。这极其残酷，但你只能接受。因此，你要随时准备放下，你对你的亲人的爱只可限于你的有生之年，不可为你死后他们的遭遇担忧，你要始终清楚那不再与你相关。

5. 忽然想

走在公园里，广播在介绍历史名亭园，说到了兰亭和王羲之父子。我忽然想，曾经有过多少活泼而伟大的生命，他们和他们的精彩生活都已经消失得无影无踪了。我和他们之间隔着漫长的岁月，这漫长的岁月也都已经成为过去。与这漫长的岁月相比，仅仅一瞬间，这个世界上也不再有我了……

无奈。无言。否则还能怎样？

关于我自己

1. 我的谦和与高傲

我是谦和的——面对一切普通人，因为我也是一个普通人。我又是高傲的——面对那些卑劣的灵魂，因为在人性的水准上，他们无比地低于普通人，理应遭到一切普通人的蔑视，包括遭到我的蔑视。

2. 洁癖

我是一个有精神洁癖的人，和人接触，立即就能嗅到对方散发的是清气还是浊气。遇见那种灵魂污浊的人，我会本能地远避，远到这个人对于我压根儿不存在。所谓远，不是物理意义上的，而是心理意义上的。

3. 末日审判的眼光

我突然想到，我这个不信神的人，其实是很有宗教感情的，常常不自觉地用末日审判的眼光来审视自己过去和现在的生活，为一切美好价值的毁灭而悲伤，也许这就是我常常感到忧愁的根源吧。

不过，事情仍无关乎道德。譬如一棵树，由于季节的变迁和自身的必然，那些枯萎的叶子迟早是要掉落的。如果树有知觉，它便会为这些枯落的叶子悲哀，但它无法阻止它们的掉落。

4. 名声是多么表面的东西

我早就养成了自主学习和工作的习惯，区别只在于，从前这遭到非议，现在却给我带来了名声，可见名声是多么表面的东西。如果没有这些名声，我就会停止我的工作了吗？当然不。这种为自己工作的习惯已经成为我的人格的一部分，把它除去，我倒真的就不是我了。

5. 我不属于任何圈子

在这个热闹的世界上，我尝自问：我的位置究竟在哪里？我不属于任何主流的、非主流的和反主流的圈子。那么，我根本不属于这个热闹的世界吗？可是，我绝不是一个出世者。对此我只能这样解释：不管世界多么热闹，热闹永远只占据世界的一小部分，热闹之外的世界无边无际，那里有着我的位置，一个安静的位置。

6. 我不能忍受什么人

我的生活中没有这样的目标，例如成为教授、院士或者议员、部长。那些为这类目标奋斗的人，无论他们为挫折而焦虑，还是为成功而欣喜，我从他们身上都闻到同一种气味，这种气味使我不能忍受和他们在一起待上三分钟。

关于死亡的思绪

1

深夜，想到一个没有意识存在的宇宙，人类意识在其中产生的偶然和存在的短暂，突然觉得一切都没有意义，我的灵魂堕入了无边的虚空之中……

2

死永远是一个不速之客，无论它什么时候来到，你都会觉得突然，都会觉得太早。

3

死亡是坏事，但又是必然之事，所以唯一的办法是与它和解。

4

德国谚语：只存在一次，等于一次也没有存在。

我的命题：存在过一次，就是永远存在了。

5

如果大前提是无常即无意义，结论当然是人生无意义，因为它已经包含在大前提之中了。

6

天国和虚无有一个共同点，就是确认尘世的短暂性和虚幻性。

7

人不管活多少年，在宇宙中都是万古一瞬，等同于零。那么，多活几年，或少活几年，算得了什么？宇宙的眼光使人坦然面对自己的寿数。

8

一天天向死亡靠近。怎么办？没有任何办法，只好相信灵魂不死。如果落空了呢？只好接受，因为不接受也得接受。信仰是赌博，这个赌博反正不会输掉你的本钱——就是顺从自然。

9

我决绝地想，凡是我不可知的事情，皆与我完全无关，包括宇宙中存在的无数星球，包括我身后子孙万代的情形。

10

因为珍惜爱，所以不愿意死；因为知道死，所以更珍惜爱。

小杂感

1

想到人类漫长历史上有过无数的人，无数的不同人生，我感到了惶恐，突然觉得我和我的人生失去了重量，变得微不足道。

2

一个突然闪过的感觉：历史又漫长又短暂，孔子（和一切历史人物）距今天又远又近。

3

路上迎面走来的人有年轻有年老，有美有丑。我神游天外，忽然觉得所有的人都没有了年龄和美丑，都是朝生暮死的可怜生物。这是一个天神的目光。

4

许多时候人需要遗忘，有时候人还需要装作已经遗忘，否则你是活不下去的。

5

因为一切皆流，所以活在当下。否则你还能怎样？

6

在中国生活，我强烈地感觉自己是一个世界人。在世界旅行，我强烈地感觉自己是一个中国人。

7

蒙田教会我坦然面对人性的平凡，尼采教会我坦然面对人性的复杂。

8

做人生的大表演，哪怕不是表演给俗世和他人看，而是表演给上帝和自己看，仍然是一种表演。这是心中装着永恒的人容易掉入的陷阱。

9

人是有精神本能的，但强度相差悬殊。精神本能强烈的人，若才华和环境俱佳，就会有精神上的创造。否则，若才华欠缺，或环境恶劣，就可能被精神本能所毁。

10

智慧是逼出来的，知道困境不可改变，只好坦然接受，这就叫智慧。

11

人生一切美好经历的魅力就在于不可重复，它们因此而永远活在了记忆中。

12

在这个世界上，人倘若没有在苦难中看到好玩、在正经中看到可笑的本领，怎么能保持生活的勇气。

13

佛教强调色空不二，我的理解是：懂得空即是色，就可以彻悟于空而仍能自娱；懂得色即是空，就可以纵情于色而仍能自拔。

14

和一个人接触，我首先感觉到的是，他是有趣的，或他是乏味的。这和他在社会上是否成功完全无关。我由此断定，人性的丰满与贫乏和世俗的成就与平凡的确是两回事。

15

对于历史上那些伟人和大师，你是不会在乎和记住他们的职务的。

16

幸福者陶醉在自己的幸福里，不幸者麻痹在自己的不幸里，都难以感应别人的不幸。所以，同情是难的。

17

唯一会使我感到绝望的事情是失去了爱和思考的能力。

18

此生此世，与我最近的是人，与我最远的也是人。

19

爱情是化学反应。同一个人与不同的异性会有不同的化学反应，但更多的情况是发生不了化学反应。

20

当我在岸上伫望时，远逝的帆影最美。当我在海上漂荡时，港口的灯火最美。

21

潜规则支配的官场上，真诚者往往二重人格，圆滑者往往两面派。

22

炎夏，到肉铺走一走，闻一闻从那些挂着和摊着的死肉上散发出的腥腻气味，你就会成为一个素食者。

23

有的人用荤段子说朴素的真理。中国最荤的古籍取名《素女经》。

图书在版编目（CIP）数据

我喜欢生命根底里的宁静 / 周国平著．-- 北京：北京十月文艺出版社，2020.1
ISBN 978-7-5302-1999-7

Ⅰ．①我… Ⅱ．①周… Ⅲ．①散文集－中国－当代
Ⅳ．①I267

中国版本图书馆 CIP 数据核字（2019）第 205901 号

我喜欢生命根底里的宁静
WO XIHUAN SHENGMING GENDI LI DE NINGJING
周国平 著

出　　版　北京出版集团公司
　　　　　北京十月文艺出版社
地　　址　北京北三环中路 6 号
邮　　编　100120
网　　址　www.bph.com.cn
发　　行　新经典发行有限公司
　　　　　电话（010）68423599
经　　销　新华书店
印　　刷　山东鸿君杰文化发展有限公司
版　　次　2020 年 1 月第 1 版
　　　　　2020 年 1 月第 1 次印刷
开　　本　880 毫米 ×1230 毫米　1/32
印　　张　8
字　　数　105 千字
书　　号　ISBN 978-7-5302-1999-7
定　　价　45.00 元
质量监督电话　010-58572393
如有印装质量问题，由本社负责调换。